DIÁRIOS do VAMPIRO

Obras da autora publicadas pela Galera Record

Série Diários do Vampiro
O despertar
O confronto
A fúria
Reunião Sombria
O Retorno — Anoitecer
O Retorno — Almas sombrias
O Retorno — Meia-noite
Caçadores — Espectro
Caçadores — Canção da lua
Caçadores — Destino

Série Diários de Stefan
Origens
Sede de sangue
Desejo
Estripador
Asilo

Série Os Originais
Ascensão
A perda

Série Círculo Secreto
A iniciação
A prisioneira
O poder
A ruptura
A caçada
A tentação

Série Mundo das sombras
Vampiro secreto
Filhas da escuridão
Submissão mortal

L. J. SMITH

DIÁRIOS do VAMPIRO

O Despertar

38ª EDIÇÃO

Tradução
Ryta Vinagre

— Galera —

RIO DE JANEIRO
2024

CIP-BRASIL. CATALOGAÇÃO-NA-FONTE
SINDICATO NACIONAL DOS EDITORES DE LIVROS, RJ

S649d
38ª ed.

Smith, L. J. (Lisa J.)
   O despertar / L. J. Smith; tradução Ryta Vinagre. –
38ª ed. – Rio de Janeiro: Galera Record, 2024.
– (Diários do vampiro, vol. 1)

   Tradução de: The awakening
   ISBN 978-85-01-08615-0

   1. Ficção americana. I. Vinagre, Ryta. II. Título.
III. Série.

09-2912.

CDD: 813
CDU: 821.111(73)-3

Copyright © 1991 by Daniel Weiss Associates, Inc. and Lisa Smith

Todos os direitos reservados.
Proibida a reprodução, no todo ou
em parte, através de quaisquer meios.
Os direitos morais do autor foram assegurados.

Composição de miolo: Abreu's System

Texto revisado pelo Novo Acordo Ortográfico da Língua Portuguesa.

Direitos exclusivos desta edição reservados pela
EDITORA RECORD LTDA.
Rua Argentina 171 - Rio de Janeiro, RJ - 20921-380 - Tel.: 2585-2000

Impresso no Brasil

ISBN 978-85-01-08615-0

Seja um leitor preferencial Record.
Cadastre-se em www.record.com.br e receba informações
sobre nossos lançamentos e nossas promoções.

Atendimento e venda direta ao leitor:
sac@record.com.br

A minha querida amiga e irmã, Judy

*Um agradecimento especial a Anne Smith,
Peggy Bokulic, Anne Marie Smith
e Laura Penny por informações
sobre a Virgínia, e a Jack e Sue Check
por toda a sua erudição local.*

1

4 de setembro

Querido diário,
~~*Alguma coisa horrível vai acontecer hoje.*~~
Não sei por que estou escrevendo isso. É loucura. Não há motivos para eu estar aborrecida e todos os motivos para ficar feliz, mas...

Mas aqui estou eu, às cinco e meia da manhã, acordada e apavorada. Fico dizendo a mim mesma que é só porque estou totalmente confusa com a diferença de fuso horário entre a França e aqui. Mas isso não explica por que estou tão assustada. Por que estou tão perdida.

Dois dias atrás, enquanto tia Judith, Margaret e eu estávamos voltando de carro do aeroporto, tive uma sensação estranha. Quando entramos na nossa rua, de repente pensei: "Mamãe e papai estão em casa esperando por nós. Aposto que estarão na varanda da frente ou na sala, olhando pela janela. Eles devem ter sentido muito a minha falta."

Eu sei. Isso não faz o menor sentido.

Mas mesmo quando vi a casa e a varanda vazias, ainda senti isso. Corri pela escada e tentei abrir a porta, até bati a aldrava. E quando tia Judith destrancou a porta, eu explodi para dentro e fiquei no corredor escutando, esperando ouvir minha mãe descer a escada ou meu pai chamando do gabinete dele.

Foi aí que tia Judith deixou a mala cair no chão com estrondo atrás de mim, soltou um suspiro imenso e disse: "Estamos em casa." Depois, Margaret riu. E me veio a sensação mais terrível que tive em toda a minha vida. Nunca me senti tão completamente perdida.

Casa. Estou em casa. Por que isso parece uma mentira?

Eu nasci aqui, em Fell's Church. Sempre morei nesta casa, sempre. Este é meu velho quarto de sempre, com a marca de queimadura no piso de madeira de quando Caroline e eu tentamos fumar escondido no quinto ano e quase sufocamos. Posso olhar pela janela e ver o grande marmeleiro, que Matt e os meninos escalaram para invadir a festa do pijama do meu aniversário há dois anos. Esta é a minha cama, minha cadeira, minha cômoda.

Mas neste momento tudo me parece estranho, como se este não fosse o meu lugar. Eu é que estou deslocada. E o pior é que sinto que pertenço a algum lugar, mas não consigo descobrir qual é.

Ontem eu estava cansada demais para ir ao primeiro dia de aula. Meredith pegou o horário para mim, eu não tive vontade de falar com ela ao telefone. Tia Judith disse a todos que ligaram que eu estava com jet lag e dormindo, mas ela me olhava de um jeito estranho no jantar.

Mas hoje vou ter que ver o pessoal. Temos que nos encontrar no estacionamento antes da aula. Será por isso que estou assustada? Será que tenho medo deles?

Elena Gilbert parou de escrever. Olhou a última frase que escrevera e sacudiu a cabeça, a caneta pairando sobre o pequeno caderno com capa de veludo azul. Depois, com um gesto repentino, ela levantou a cabeça e atirou caneta e caderno na grande janela da sacada, onde eles quicaram suavemente e caíram no assento acolchoado.

Era tudo tão completamente ridículo.

Desde quando ela, Elena Gilbert, tinha medo de encontrar alguém? Desde quando tinha medo de *alguma coisa*? Ela se levantou e passou os braços com raiva num quimono de seda vermelha. Nem olhou para o elaborado espelho vitoriano acima da cômoda de cerejeira: sabia o que veria ali. Elena Gilbert, descolada, loura e magra, a que lançava moda, a veterana do Ensino Médio, a garota que todo menino queria ter e toda menina queria ser. Que agora tinha uma careta incomum na cara e a boca num biquinho.

Um banho quente e um café e vou me acalmar, pensou ela. O ritual matinal de se lavar e se vestir era tranquilizador, e ela se demorou nele, vasculhando as novas roupas de Paris. Por fim escolheu um top cor-de-rosa claro e short branco de linho que a deixavam parecida com um sundae de framboesa. Dá vontade de comer, pensou Elena, e o espelho mostrou uma garota com um sorriso secreto. Seus temores anteriores derreteram, esquecidos.

— Elena! Onde você está? Vai se atrasar para a escola! — A voz veio fraquinha do primeiro andar.

Elena passou a escova mais uma vez pelo cabelo sedoso e o prendeu atrás com uma fita rosa escuro. Depois pegou a mochila e desceu a escada.

Na cozinha, Margaret, de 4 anos, comia cereais à mesa e tia Judith queimava alguma coisa no fogão. Tia Judith era o tipo de mulher que sempre parecia meio atrapalhada; tinha um rosto fino e meigo, e cabelo claro ondulado, puxado de qualquer jeito para trás. Elena lhe plantou um beijo no rosto.

— Bom dia a todo mundo. Desculpe por não ter tempo para o café da manhã.

— Mas Elena, não pode sair sem comer nada. Precisa de proteína...

— Vou comprar um donut antes da aula — disse Elena alegremente. Ela deu um beijo na cabeça de Margaret e se virou para sair.

— Mas Elena...

— E é provável que eu vá pra casa de Bonnie ou Meredith depois da aula, então não me espere para o jantar. Tchau!

— Elena...

Elena já estava na porta da frente. Ela a fechou depois de passar, interrompendo os protestos distantes de tia Judith, e foi para a varanda.

E parou.

Todas as sensações ruins da manhã tomaram-na de novo. A ansiedade, o medo. E a certeza de que algo horrível estava prestes a acontecer.

A Maple Street estava deserta. As altas casas vitorianas pareciam estranhas e silenciosas, como se todas estivessem desocupadas, como as casas de um set de filmagem abandonado. Todas davam a impressão de não conter *gente*, mas sim coisas estranhas que a observavam.

Era isso; alguma coisa a observava. O céu não estava azul, mas leitoso e opaco, como uma tigela gigante virada de cabeça para baixo. O ar era abafado e Elena tinha certeza de que alguém a olhava.

Ela teve um vislumbre de alguma coisa escura nos galhos do velho marmeleiro na frente da casa.

Era um corvo, empoleirado imóvel nas folhas amareladas. E era aquilo que a observava.

Ela tentou dizer a si mesma que isso era ridículo, mas de algum modo ela *entendeu*. Era o maior corvo que vira na vida, roliço e lustroso, com um arco-íris cintilando nas penas do dorso. Ela podia ver cada detalhe dele com clareza: as garras escuras e ávidas, o bico afiado, um olho preto reluzindo.

Estava tão imóvel que podia ser um modelo de cera de uma ave pousada ali. Mas, enquanto o olhava, Elena se sentiu corar aos poucos, o calor vindo em ondas pelo pescoço e as bochechas. Porque ele... olhava para ela. Da mesma maneira que os meninos olhavam quando ela usava um biquíni ou uma blusa transparente. Como se a estivesse despindo com os olhos.

Antes que percebesse o que fazia, ela largou a mochila e pegou uma pedra ao lado da entrada da casa.

— Sai daqui — disse ela, e ouviu a raiva tremer em sua voz. — Sai! *Sai daqui!* — Com a última palavra, ela atirou a pedra.

Houve uma explosão de folhas, mas o corvo voou sem se ferir. Suas asas eram imensas e o barulho que faziam parecia o de um bando inteiro de corvos. Elena se agachou, de repente em pânico, enquanto ele voava diretamente sobre sua cabeça, o vento das asas agitando seu cabelo louro.

Mas ele subiu de novo e circulou, uma silhueta preta contra o céu branco como papel. Depois, com um grasnido áspero, voou para o bosque.

Elena endireitou o corpo lentamente, depois olhou em volta, constrangida. Não acreditava no que acabara de fazer. Mas agora a ave se fora e o céu já parecia estar normal de novo. As folhas tremularam com uma brisa e Elena respirou fundo. Na rua, uma porta se abriu e várias crianças saíram, aos risos.

Ela sorriu para elas e respirou fundo de novo, o alívio dominando-a como a luz do sol. Como pôde ter sido tão boba? Era um lindo dia, cheio de promessas, e nada de ruim ia acontecer.

Nada de ruim ia acontecer — exceto que ela ia chegar atrasada à escola. O pessoal todo estaria esperando por ela no estacionamento.

Eu posso muito bem dizer a todos que parei para atirar pedras num pervertido que estava me espiando, pensou ela, e quase riu. Ora essa, *isto* teria dado o que pensar.

Sem olhar para o marmeleiro que ficava para trás, Elena começou a andar pela rua o mais rápido que pôde.

O corvo se chocou com o alto de um carvalho imenso e a cabeça de Stefan se voltou repentinamente por reflexo. Quando viu que era só um pássaro, relaxou.

Seus olhos se voltaram para a forma branca e flácida em suas mãos e ele sentiu o rosto contorcer de arrependimento. Ele não pretendia matá-lo. Teria caçado alguma coisa maior do que um coelho se soubesse que estava com tanta fome. Mas é claro que era isto que o assustava: jamais saber a intensidade de sua fome, ou o que poderia fazer para aplacá-la. Ele teve sorte por, desta vez, ter matado apenas um coelho.

Ele estava embaixo dos antigos carvalhos, a luz do sol infiltrando-se até o cabelo ondulado. De jeans e camiseta, Stefan Salvatore parecia exatamente um aluno normal do Ensino Médio.

Mas não era.

Imerso no bosque, onde ninguém poderia vê-lo, ele foi se alimentar. Agora lambia meticulosamente as gengivas e os lábios, para se assegurar de não ter deixado nenhuma mancha. Ele não queria se arriscar. Este embuste já seria difícil o suficiente sem isso.

Por um momento ele se perguntou, mais uma vez, se devia desistir de tudo. Talvez devesse voltar à Itália, a seu esconderijo. O que o fazia pensar que podia voltar ao mundo da luz do dia?

Mas ele estava cansado de viver nas sombras. Estava cansado da escuridão e das coisas que viviam nela. Acima de tudo, estava cansado de ficar só.

Ele não tinha certeza do motivo para ter escolhido Fell's Church, na Virgínia. Era uma cidade nova, pelos padrões dele; os prédios mais antigos tinham sido construídos apenas há um século e meio. Mas as lembranças e os fantasmas da Guerra Civil ainda viviam ali, tão reais quanto os supermercados e as lanchonetes.

Stefan apreciava o respeito pelo passado. Pensou que poderia vir a gostar das pessoas de Fell's Church. E talvez — só talvez — pudesse encontrar um lugar entre elas.

É claro que ele nunca seria completamente aceito. Um sorriso amargurado curvou seus lábios com esta ideia. Ele sabia muito bem que não havia esperança para *isso*. Nunca haveria um lugar onde ele pudesse se sentir inteiramente à vontade, onde pudesse ser verdadeiramente ele mesmo.

A não ser que ele escolhesse pertencer às sombras...

Ele afugentou esta ideia. Havia renunciado à escuridão; deixara as sombras para trás. Estava riscando todos aqueles longos anos e começando do zero, hoje.

Stefan percebeu que ainda segurava o coelho. Delicadamente, depositou-o no leito das folhas marrons do carvalho. Ao longe, distantes demais para os ouvidos humanos captarem, ele reconheceu os ruídos de uma raposa.

Venha, irmã caçadora, pensou ele com tristeza. Seu café da manhã a espera.

Enquanto pendurava o casaco no ombro, ele percebeu o corvo que o perturbara mais cedo. Ainda estava empoleirado no carvalho e parecia observá-lo. Havia algo de errado nisso.

Stefan começou a se concentrar, examinando a ave, mas se deteve. Lembre-se de sua promessa, pensou. Não use os Poderes a não ser que seja absolutamente necessário. A não ser que não haja alternativa.

Movendo-se quase em silêncio em meio às folhas mortas e galhos secos, ele chegou à beira do bosque. Seu carro estava estacionado ali. Ele olhou para trás, uma vez, e viu que o corvo havia deixado os galhos e descera até o coelho.

Havia alguma coisa sinistra no modo como ele abria as asas sobre o corpo branco e flácido, algo funesto e triunfante. Stefan hesitou por um instante e quase correu de volta para afugentar o pássaro. Ainda assim, a ave tinha tanto direito de comer quanto a raposa, lembrou a si mesmo.

Tanto direito quanto ele próprio.

Se ele encontrasse a ave de novo, olharia em sua mente, decidiu. Então, Stefan tirou os olhos do corvo e correu pelo bosque, com o queixo empinado. Não queria se atrasar para as aulas na Robert E. Lee High School.

2

Elena foi cercada no instante em que entrou no estacionamento da escola. Todos estavam ali, toda a turma que ela não via desde junho, além de quatro ou cinco seguidoras que tinham a esperança de adquirir popularidade por associação. Ela aceitou um por um os abraços de boas-vindas de seu grupo.

Caroline tinha crescido pelo menos uns 3 centímetros e estava mais magra e mais parecida com uma modelo da *Vogue* do que nunca. Ela cumprimentou Elena friamente e recuou de novo, com os olhos verdes estreitos como os de um gato.

Bonnie não tinha crescido nada, e seu cabelo ruivo e cacheado mal chegava ao queixo de Elena enquanto ela atirava os braços para abraçar a amiga. Peraí um minutinho — *cachos*?, pensou Elena. Ela empurrou a menina mais baixa.

— Bonnie! O que você fez com o cabelo?

— Gostou? Acho que me deixa mais alta. — Bonnie afofou as mechas e sorriu, os olhos castanhos cintilando de empolgação, a carinha de coração iluminada.

Elena se afastou.

— Meredith. Você não mudou nada.

Este abraço foi igualmente caloroso de ambas as partes. Ela sentiu falta de Meredith mais do que de qualquer outra pessoa, pensou Elena, olhando a menina alta. Meredith nunca usava maquiagem nenhuma; mas com a pele marrom-clara perfeita e cílios pretos e pesados, ela não precisava. Agora tinha uma elegante sobrancelha erguida ao examinar Elena.

— Bom, seu cabelo está dois tons mais claros por causa do sol... Mas cadê o bronzeado? Pensei que você tivesse ficado na Riviera francesa.

— Você sabe que nunca me bronzeio. — Elena ergueu as mãos para sua própria inspeção. A pele era impecável, como porcelana, mas quase tão clara e transparente quanto a de Bonnie.

— Peraí, isso me lembra uma coisa — intrometeu-se Bonnie, pegando a mão de Elena. — Adivinha só o que meu primo me ensinou neste verão? — Antes que alguém pudesse falar, ela informou, triunfante: — Leitura das mãos!

Houve grunhidos e alguns risos.

— Podem rir à vontade — disse Bonnie, sem se deixar perturbar. — Meu primo disse que sou sensitiva. Agora, vamos ver... — Ela olhou a palma da mão de Elena.

— Rápido, ou vamos chegar atrasadas — disse Elena com certa impaciência.

— Tudo bem, tudo bem. Agora, esta é a sua linha da vida... Ou será a linha do coração? — No grupo, alguém deu uma risadinha. — Silêncio, estou alcançando o vazio. Eu vejo... Eu vejo... — De repente, Bonnie ficou pálida, como se tivesse se assustado. Seus olhos castanhos se arregalaram, mas ela não parecia mais estar olhando a mão de Elena. Era como se olhasse *através* dela — para alguma coisa apavorante.

— Vai conhecer um estrangeiro alto e de cabelos escuros — murmurou Meredith atrás dela. Houve uma explosão de risadas.

— Cabelos escuros, sim, e estrangeiro... Mas não alto.

A voz de Bonnie era rouca e distante.

— Mas — continuou ela depois de um momento, parecendo confusa —, antigamente ele *era* alto. — Seus olhos castanhos arregalados ergueram-se para Elena, assombrados. — Mas isso é impossível... Não é? — Ela largou a mão de Elena, quase a atirando longe. — Não quero ver mais nada.

— Tudo bem, acabou o show. Vamos — disse Elena às outras, vagamente irritada. Ela sempre achava que os truques de paranormal eram só isso: truques. Então por que ficara aborrecida? Só porque esta manhã ela mesma quase teve um ataque de pânico...

As meninas partiram para o prédio da escola, mas o ronco de um motor bem regulado as fez parar.

— Uau! — disse Caroline, olhando. — Um carro e tanto.

— Um Porsche e tanto — corrigiu-a Meredith, secamente.

O 911 turbo preto e reluzente ronronou pelo estacionamento, procurando uma vaga, movendo-se com a indolência de uma pantera aproximando-se da presa.

Quando o carro parou, a porta se abriu e elas olharam o motorista.

— Ai, meu Deus — sussurrou Caroline.

— Ai, meu Deus, mesmo — cochichou Bonnie.

De onde estava, Elena podia ver um corpo magro e musculoso. Jeans desbotados que ele provavelmente tinha de tirar à noite, camiseta apertada e uma jaqueta de couro de corte incomum. O cabelo era ondulado — e escuro.

Mas ele não era alto. Tinha altura mediana.

Elena soltou a respiração.

— Quem *é* esse mascarado? — disse Meredith.

E a observação era correta — óculos de sol cobriam totalmente os olhos do rapaz, escondendo seu rosto como uma máscara.

— Esse *estranho* mascarado — disse outra pessoa, e um tagarelar de vozes se elevou.

— Viu a jaqueta dele? É italiana, de Roma.

— Como você sabe? Nunca na vida você foi além de Rome, em Nova York!

— Epa. Elena está com aquele olhar de novo. O olhar da caçadora.

— É melhor que o baixinho bonito e de cabelos escuros tenha cuidado.

— Ele não é baixinho; é perfeito!

Em meio a tagarelice, a voz de Caroline de repente se destacou.

— Ah, dá um tempo, Elena. Você já tem o Matt. O que mais você quer? O que pode fazer com dois que não pode fazer com um?

— A mesma coisa... Só que por mais tempo — disse Meredith numa voz arrastada e o grupo se dissolveu em risos.

O menino tinha trancado o carro e andava para a escola. Despreocupadamente, Elena partiu atrás dele, as outras meninas em seu encalço num grupo estreito. Por um instante, a irritação borbulhou dentro dela. Será possível que não podia ir a *lugar nenhum* sem um desfile em seus calcanhares? Mas Meredith pegou o olhar dela e ela sorriu a contragosto.

— *Noblesse oblige* — disse Meredith delicadamente.

— Como é?

— Se quer ser a rainha da escola, tem que aguentar as consequências.

A declaração fez Elena franzir a testa enquanto elas entravam no prédio. Um longo corredor se estendia a frente e uma figura de jeans e jaqueta de couro desaparecia por uma porta à frente. Elena reduziu o passo ao seguir para a secretaria, finalmente parando para olhar pensativamente as mensagens no quadro de cortiça ao lado da porta. Havia uma grande janela ali, através da qual toda a sala ficava visível.

As outras meninas olhavam abertamente pela janela e riam.

— Bela visão de trás.

— Isso *definitivamente* é uma jaqueta Armani.

— Acha que ele é de outro estado?

Elena aguçava os ouvidos, tentando escutar o nome do menino. Parecia haver uma espécie de problema ali: a Sra. Clarke, a secretária de admissão, olhava uma lista e sacudia a cabeça. O menino disse alguma coisa e a Sra. Clarke ergueu as mãos num gesto de "O que eu posso fazer?" Ela passou o dedo pela lista e sacudiu a cabeça de novo, conclusivamente. O menino começou a se virar, depois voltou. E quando a Sra. Clarke olhou para ele de novo, sua expressão se transformou.

Agora os óculos de sol estavam na mão do garoto. A Sra. Clarke pareceu se assustar com alguma coisa; Elena a viu piscar várias vezes. Seus lábios se abriram e fecharam como se ela tentasse falar.

Elena queria poder ver mais do que a parte de trás da cabeça do menino. A Sra. Clarke remexia em pilhas de papéis, parecendo confusa. Por fim encontrou uma espécie de formulário e escreveu nele, depois o virou e empurrou para o garoto.

O menino escreveu brevemente no formulário — assinando, provavelmente — e o devolveu. A Sra. Clarke fitou o papel por um segundo, depois remexeu em outra pilha de papéis, passando-lhe por fim o que parecia um horário de aulas. Os olhos dela não desgrudavam do menino enquanto ele o pegava, inclinava a cabeça para agradecer e se virava para a porta.

Elena agora estava morrendo de curiosidade. O que tinha acontecido ali? E como seria a cara desse estranho? Mas enquanto saía da sala, ele recolocou os óculos escuros. A decepção a acossou.

Ainda assim, ela podia ver o resto de seu rosto enquanto ele parava à porta. Os cachos escuros emolduravam feições tão elegantes que podiam ter sido extraídas de uma moeda ou medalhão romano. Maçãs do rosto altas, nariz reto e clássico... E uma boca de tirar o sono da gente à noite, pensou Elena. O lábio superior era belamente esculpido, meio sensível, muito sensual. A tagarelice das meninas no corredor parou como se alguém tivesse desligado um interruptor.

A maioria agora se afastava dele, olhando para todo canto, menos em sua direção. Elena manteve-se firme perto da janela e atirou um pouco a cabeça, puxando o elástico do cabelo para que ele caísse solto nos ombros.

Sem olhar para os lados, o menino andou pelo corredor. Um coro de suspiros e cochichos irrompeu no momento em que ele não poderia mais ouvir nada.

Elena não escutou nada disso.

Ele passou direto por ela, pensou, pasma. Passou direto, sem nem olhar.

Vagamente, ela percebeu que o sinal estava tocando. Meredith puxava seu braço.

— Que foi?

— Eu disse, aqui está o seu horário. Temos trigonometria no segundo andar agora. Vamos!

Elena deixou que Meredith a empurrasse pelo corredor, subindo a escada e entrando na sala de aula. Ela deslizou automaticamente para uma cadeira vaga e fixou os olhos na professora sem realmente vê-la na frente da sala. O choque ainda não havia passado.

Ele passou direto. Sem nem olhar. Ela não conseguia lembrar há quanto tempo um menino tinha feito isso. Todos eles olhavam, no mínimo. Alguns assoviavam. Alguns paravam para falar. Alguns só encaravam.

E tudo sempre esteve muito bem para Elena.

Afinal, o que era mais importante do que os meninos? Eles eram o ponto de referência de sua popularidade, de sua beleza. E eles podiam ser úteis para todo tipo de coisas. Às vezes eles eram excitantes, mas em geral isso não durava muito. Às vezes eles davam calafrios desde o início.

A maioria dos meninos, refletiu Elena, era como filhotinhos de cachorro. Lindos, mas dispensáveis. Muito poucos podiam ser mais do que isso, podiam se tornar amigos de verdade. Como Matt.

Ah, Matt. No ano anterior ela tivera esperanças de que ele fosse o cara que procurava, o menino que poderia fazê-la sentir... Bom, alguma coisa a mais. Mais do que o prazer que vinha do triunfo ao realizar uma conquista, o orgulho de mostrar sua nova aquisição para as outras meninas. E Elena passara *mesmo* a sentir um forte afeto por Matt. Mas no verão, quando ela teve tempo para pensar, percebeu que o afeto era de uma prima ou irmã.

A Srta. Halpern entregava os livros de trigonometria. Elena pegou o dela mecanicamente e escreveu o nome no interior, ainda imersa em pensamentos.

Ela gostava mais de Matt do que de qualquer outro menino que conhecia. E era por isso que ia ter que dizer a ele que acabara.

Ela não soube como lhe dizer isso por carta. Não sabia como dizer a ele agora. Não era medo de que ele desse um ataque; ele simplesmente não entenderia. Ela mesma não entendia direito.

Era como se Elena sempre estivesse procurando... alguma coisa. Só que quando ela pensava ter conseguido, não era aquilo. Não foi com Matt, nem com nenhum dos meninos que teve.

E depois tinha de começar tudo de novo. Felizmente, sempre havia material novo. Nenhum menino até agora resistira a ela, e nenhum menino a ignorara. Até agora.

Até agora. Lembrando o momento no corredor, Elena descobriu que seus dedos estavam agarrados à caneta. Ela ainda não acreditava que ele a havia esnobado daquela maneira.

O sinal tocou e todos saíram da sala, mas Elena parou na porta. Mordeu o lábio, olhando o rio de alunos que fluía pelo corredor. Depois localizou uma das seguidoras do estacionamento.

— Frances! Vem cá.

Frances se aproximou ansiosamente, a cara iluminando-se.

— Olha, Frances, se lembra daquele menino hoje de manhã?

— Com o Porsche e aquele... er... patrimônio todo? Como eu poderia esquecer?

— Bom, eu quero o horário de aulas dele. Pegue na secretaria, se puder, ou copie dele se for preciso. Mas consiga!

Frances pareceu surpresa por um momento, depois sorriu e assentiu.

— Tudo bem, Elena, vou tentar. Encontro você no almoço, se conseguir alguma coisa.

— Obrigada. — Elena viu a menina ir.

— Sabe de uma coisa, você não tem jeito mesmo — disse a voz de Meredith no ouvido dela.

— Para que serve ser rainha da escola se eu não puder usar uma súdita de vez em quando? — respondeu Elena calmamente. — Aonde eu vou agora?

— Conhecimentos gerais. Tome, pegue você mesma. — Meredith empurrou um horário para ela. — Tenho que correr para a aula de química. Até mais!

A aula de conhecimentos gerais e o resto da manhã passaram num borrão. Elena esperava ter outro vislumbre do novo aluno, mas ele não estava em nenhuma de suas turmas. Matt estava em uma delas e ela sentiu uma agonia quando os olhos azuis dele encontraram os dela com um sorriso.

Depois do sinal do almoço, ela olhava para a direita e a esquerda, cumprimentando quem passava por ela a caminho do refeitório. Caroline estava do lado de fora, numa pose despreocupada junto a uma parede, de queixo erguido, os ombros para trás, os quadris para a frente. Os dois meninos com quem ela falava se calaram e se cutucaram ao verem Elena se aproximar.

— Oi — disse Elena brevemente aos meninos, e para Caroline: — Pronta para ir comer?

Os olhos verdes de Caroline mal se voltaram para Elena e ela tirou o cabelo ruivo e brilhante do rosto.

— Onde, na *mesa real*? — disse ela.

Elena tomou um susto. Ela e Caroline eram amigas desde o jardim de infância, e elas sempre competiam de bom humor. Mas ultimamente alguma coisa acontecera com Caroline. Ela começara a levar a rivalidade cada vez mais a sério. E agora Elena estava surpresa com a amargura na voz da menina.

— Bom, não seria assim se você fosse uma plebeia — disse ela alegremente.

— Ah, nisso você tem razão — disse Caroline, voltando-se para encarar Elena. Aqueles olhos verdes de gata estavam semicerrados e enevoados, e Elena ficou chocada com a hostilidade que viu ali. Os dois meninos sorriram inquietos e se afastaram.

Caroline não pareceu perceber.

— Muita coisa mudou enquanto você esteve fora neste verão, Elena — continuou ela. — E talvez sua época no trono tenha passado.

Elena corou; podia sentir. Ela lutou para manter a voz estável.

— Talvez — disse ela. — Mas, se eu fosse você, ainda não compraria um cetro, Caroline. — Ela se virou e foi para o refeitório.

Foi um alívio ver Meredith e Bonnie, e Frances ao lado delas. Elena sentiu o rosto esfriar enquanto escolhia o almoço e ia se juntar às meninas. Ela não deixaria que Caroline a perturbasse; não ia pensar em Caroline em momento nenhum.

— Consegui — disse Frances, agitando uma folha de papel enquanto Elena se sentava.

— E eu tenho informações quentes — disse Bonnie, cheia de importância. — Elena, ouve só isso. Ele está na minha turma de biologia e eu me sentei bem de frente para ele. O nome dele é Stefan, Stefan Salvatore, e ele é da Itália, e está hospedado com a velha Sra. Flowers nos limites da cidade. — Ela suspirou. — Ele é *tão* romântico. Caroline deixou cair os livros e ele os pegou para ela.

Elena franziu a cara.

— Mas que falta de jeito de Caroline. O que mais aconteceu?

— Bom, foi só isso. Ele não chegou a falar com ela. Ele é muuuito misterioso, entendeu? A Sra. Endicott, minha professora de biologia, tentou fazer com que ele tirasse os óculos, mas ele não tirou. Ele tem um problema de saúde.

— Que problema de saúde?

— *Eu* não sei. Talvez seja terminal e os dias dele estejam contados. Isso não seria romântico?

— Ah, muito — disse Meredith.

Elena olhava a folha de papel de Frances, mordendo o lábio.

— Ele está no meu sétimo tempo, história europeia. Alguém mais está nessa turma?

— Eu — disse Bonnie. — E acho que a Caroline também. Ah, e talvez o Matt; ele disse alguma coisa ontem sobre a sorte que tinha, pegando o Sr. Tanner.

Maravilhoso, pensou Elena, pegando um garfo e apunhalando o purê de batatas. Parecia que o sétimo tempo ia ser *extremamente* interessante.

Stefan estava feliz porque o dia de aula estava terminando. Ele queria sair daquelas salas e corredores apinhados, só por alguns minutos.

Tantas mentes. A pressão de tantos padrões de pensamento, tantas vozes mentais que o cercavam, deixava-o atordoado. Já fazia anos que ele estivera num enxame de gente como esse.

Uma mente em particular se destacava das outras. Estava entre aquelas que o olharam no corredor principal do prédio da escola. Ele não sabia como era ela, mas sua personalidade era poderosa. Stefan tinha certeza de que a reconheceria.

Até agora, pelo menos, ele sobrevivera ao primeiro dia de embuste. Tinha usado os Poderes duas vezes, e com parcimônia. Mas estava cansado e, admitiu com tristeza, faminto. O coelho não fora suficiente.

Preocupe-se com isso depois. Ele encontrou sua última sala de aula e se sentou. E de imediato sentiu a presença daquela mente de novo.

Ela brilhava à beira de sua consciência, uma luz dourada, suave e no entanto vibrante. E, pela primeira vez, ele pôde localizar a menina de onde vinha a luz. Estava sentada bem na frente dele.

No instante em que Stefan pensava nisso, ela se virou e ele viu seu rosto. Foi uma luta para Stefan não ofegar de choque.

Katherine! Mas é claro que não poderia ser. Katherine estava morta; ninguém sabia disso melhor do que ele.

Ainda assim, a semelhança era sobrenatural. Aquele cabelo dourado, tão claro que quase parecia tremeluzir. Aquela pele macia, que sempre o fazia pensar em cisnes, ou alabastro, corando num rosa fraco acima das maçãs do rosto. E os olhos... Os olhos de Katherine tinham uma cor que ele nunca vira antes; mais escuros do que o azul do céu, saturados como o lápis-lazúli em sua tiara de joias na cabeça. Essa menina tinha os mesmos olhos.

E estavam fixos nele enquanto ela sorria.

Ele baixou a cabeça e se desviou do sorriso rapidamente. De todas as coisas, não queria pensar em Katherine. Não queria olhar para aquela, que o lembrava dela, e não queria sentir mais a presença dela. Ele manteve os olhos na mesa, bloqueando sua mente com a maior intensidade que pôde. E por fim, lentamente, ela se virou de novo.

Ela estava magoada. Mesmo através do bloqueio, ele podia sentir isso. Ele não se importava. Na realidade, Stefan ficou feliz e teve esperanças de que isso a mantivesse afastada dele. Além dessa esperança, ele não tinha nenhum sentimento por ela.

Ele ficou dizendo isso a si mesmo enquanto estava sentado, o zunido da voz do professor derramando-se nele sem ser ouvida. Mas ele podia sentir um toque sutil de um perfume — violetas, pensou ele. E o pescoço magro e branco da menina estava curvado sobre o livro, o cabelo claro caindo de lado.

Com raiva e frustração, ele reconheceu a sensação tentadora em seus dentes — mais uma coceira ou um formigamento do que uma dor. Era fome, uma fome específica. E não era uma fome a que estivesse disposto a ceder.

O professor andava pela sala como um furão, fazendo perguntas, e Stefan deliberadamente fixou sua atenção no homem. De início ele ficou confuso, porque embora nenhum dos alunos soubesse as respostas, as perguntas continuavam sendo feitas. Depois ele percebeu que este era o propósito do homem Envergonhar os alunos com o que eles não sabiam.

Agora ele tinha encontrado outra vítima, uma menina baixinha de cachos ruivos e rosto em forma de coração. Stefan olhou com desprazer enquanto o professor a metralhava de perguntas. Ela parecia infeliz enquanto ele se afastava dela para se voltar para toda a turma.

— Entenderam o que eu quis dizer? Vocês acham que são o máximo; vocês agora estão no último ano, preparando-se para a formatura. Bem, posso lhes dizer que alguns não estão preparados nem para o jardim de infância. Como esta aqui! — Ele gesticulou para a menina ruiva. — Não faz ideia do que foi a Revolução Francesa. Acha que Maria Antonieta era uma estrela de filme mudo.

Os alunos em volta de Stefan se remexiam, pouco à vontade. Ele podia sentir o ressentimento em suas mentes, e a humilhação. E o medo. Todos temiam aquele baixinho magro com olhos de doninha, até os rapazes musculosos que eram mais altos do que ele.

— Muito bem, vamos tentar outra época. — O professor voltou à mesma menina que estivera interrogando. — Durante o Renascimento... — Ele se interrompeu. — Você *sabe* o que é o Renascimento, não sabe? O período entre os séculos XIII e XVII, em que a Europa descobriu as grandes ideias da Grécia e da Roma antigas? O período que gerou tantos dos maiores artistas e pensadores da Europa? — Quando a menina assentiu, confusa, ele continuou. — Durante o Renascimento, o que estudantes de sua idade faziam na escola? E então? Alguma ideia? Algum chute?

A menina engoliu em seco. Com um sorriso amarelo, ela disse:

— Jogavam futebol?

Às gargalhadas que se seguiram, a cara do professor escureceu.

— Dificilmente! — rebateu ele, e a turma se aquietou. — Você acha que isso é uma piada? Bem, naquele tempo, os estudantes de sua idade já eram proficientes em várias línguas. Também dominavam a lógica, a matemática, a astronomia, a filosofia e a gramática. Eles estariam prontos para ir para a universidade, em que cada curso era ministrado em latim. Futebol seria a última coisa em...

— Com licença.

A voz baixa interrompeu o professor no meio de sua arenga. Todos se voltaram para Stefan.

— O quê? O que você disse?

— Eu disse com licença — repetiu Stefan, tirando os óculos e se levantando. — Mas o senhor está enganado. Os estudantes no Renascimento eram estimulados a participar de jogos. Eles aprendiam que um corpo saudável acompanha uma mente saudável. E eles certamente participavam de esportes de equipe, como o críquete, o tênis... e até o futebol. — Ele se virou para a ruiva e sorriu, e ela retribuiu o sorriso, agradecida. Para o professor, ele acrescentou: — Mas as coisas mais importantes que aprendiam eram boas maneiras e cortesia. Tenho certeza de que seu livro lhe dirá isso.

Os alunos sorriam. A cara do professor estava vermelha feito sangue, e seus olhos soltavam faíscas. Mas Stefan continuou olhando fixo para ele, e depois de mais um minuto foi o professor quem teve de virar a cara.

O sinal tocou.

Stefan recolocou os óculos rapidamente e pegou seus livros. Já atraíra mais atenção para si do que devia e não queria ter de olhar a loura de novo. Além disso, ele precisava sair dali rapidamente; havia uma ardência conhecida em suas veias.

Ao chegar à porta, alguém gritou:

— Ei! Eles jogavam futebol mesmo naquela época?

Ele não pôde deixar de lançar um sorriso por sobre o ombro.

— Ah, sim. Às vezes com cabeças decepadas de prisioneiros de guerra.

Elena o olhou partir. Ele deliberadamente a evitara. Ele a esnobara de propósito, e na frente de Caroline, que ficou olhando como um falcão. Lágrimas ardiam em seus olhos, mas no momento só uma ideia queimava em sua mente.

Ela o teria, mesmo que isso a matasse. Mesmo que matasse os dois, ele seria dela.

3

A primeira luz do amanhecer raiava a noite de rosa e de um verde muito claro. Stefan olhava da janela de seu quarto na pensão. Tinha alugado este quarto especificamente por causa do alçapão no teto, um alçapão que se abria para a sacada no telhado. Agora aquela porta estava aberta e um vento frio e úmido soprava pela escada. Stefan estava vestido, mas não porque tivesse acordado cedo. Ele não dormira nada.

Ele acabara de voltar do bosque, e alguns pedaços de folhas molhadas se prendiam nas laterais de suas botas. Ele as limpou com todo o cuidado. Não lhe escaparam os comentários dos alunos na véspera e Stefan sabia que eles ficaram olhando suas roupas. Ele sempre se vestira com o melhor, não só por vaidade, mas porque era a coisa certa a fazer. Seu preceptor costumava dizer: *Um aristocrata deve se vestir de acordo com sua po-*

sição. *Se não o fizer, mostrará desdém pelos outros.* Todos tinham um lugar no mundo, e o lugar dele antigamente era entre a nobreza. Antigamente.

Por que ele ruminava essas coisas? É claro que ele devia ter percebido que fazer o papel de estudante podia trazer de volta os tempos de aluno. Agora as lembranças vinham densas e rápidas, como se deslizassem pelas páginas de um diário, seus olhos pegando uma entrada aqui e outra ali. Uma delas faiscou diante dele nitidamente: a cara do pai quando Damon anunciou que estava abandonando a universidade. Ele nunca se esquecera disso. Nunca vira o pai tão furioso...

— O que quer dizer com não vai voltar? — Normalmente Giuseppe era um homem agradável, mas tinha um gênio forte e o filho mais velho incitara a violência nele.

Agora este filho limpava levemente os lábios com um lenço de seda cor de açafrão.

— Eu pensei que o senhor compreenderia uma frase tão simples, pai. Devo repeti-la para o senhor em latim?

— Damon... — começou Stefan rigidamente, apavorado com este desrespeito. Mas seu pai o interrompeu.

— Está me dizendo que eu, Giuseppe, conde di Salvatore, terei de encarar meus amigos sabendo que meu filho é um *scioparto*? Um imprestável? Um folgazão que não faz nenhuma contribuição útil a Florença? — Os criados se afastavam à medida que Giuseppe se enfurecia.

Damon nem piscou.

— Aparentemente, sim. Se estiver chamando de amigos os que o adulam na esperança de que o senhor lhes emprestará dinheiro de seus amigos.

— *Sporco parassito!* — gritou Giuseppe, levantando-se da cadeira. — Já não é bem ruim que você tenha desperdiçado seu tempo e meu dinheiro quando estava na escola? Ah, sim, eu sei tudo sobre a jogatina, as justas, as mulheres. E sei que se não fosse por seu secretário e seus preceptores, você fracassaria em cada curso. Mas agora quer me desgraçar completamente. E por quê? Por quê? — Sua mão grande se ergueu num rompante para pegar o queixo de Damon. — Para poder voltar a suas caçadas e sua falcoaria?

Stefan tinha de dar crédito ao irmão; Damon não pestanejou. Ficou parado, quase descansando no aperto do pai, em cada centímetro o aristocrata, do chapéu elegantemente na cabeça escura ao manto debruado de arminho e os sapatos de couro macio. Seu lábio superior estava curvado numa linha de pura arrogância.

Desta vez você levou isso longe demais, pensou Stefan, vendo os dois homens que se olhavam fixamente. Desta vez, nem você será capaz de usar o charme para escapar.

Mas neste momento houve um leve passo no vão da porta. Virando-se, Stefan ficou deslumbrado com os olhos cor de lápis--lazúli, emoldurados por longos cílios dourados. Era Katherine. O pai dela, o barão von Swartzschild, a havia trazido das terras frias dos principados alemães para o interior da Itália, na esperança de que isso a ajudasse a se recuperar de uma longa enfermidade. E, desde o dia em que ela chegara, tudo mudou para Stefan.

— Perdoem-me. Não pretendia me intrometer. — A voz de Katherine era suave e clara. Ela fez um leve movimento de quem vai se retirar.

— Não, não vá. Fique — disse Stefan rapidamente. Ele queria dizer mais, pegar a mão dela, mas não se atreveu a isso. Não na presença do pai. Só o que pôde fazer foi olhar em seus olhos tão azuis quanto joias, erguidos para ele.

— Sim, fique — disse Giuseppe, e Stefan viu que a expressão ameaçadora do pai se atenuara e ele soltara Damon. Ele avançou, endireitando as pesadas dobras do longo manto com barra de peles. — Seu pai deve estar voltando aos negócios na cidade hoje e ficará feliz ao vê-la. Mas seu rosto está pálido, pequena Katherine. Não está doente de novo, assim espero.

— Sabe que sempre sou pálida, senhor. Não uso ruge, como suas ousadas mulheres italianas.

— Você não precisa disso — disse Stefan antes que pudesse se impedir, e Katherine sorriu para ele. Ela era tão linda. Uma dor começou em seu peito.

O pai continuou.

— E eu a vejo tão pouco durante o dia. Você mal nos dá o prazer de sua companhia antes do entardecer.

— Tenho meus estudos e devoções em meus aposentos, senhor — disse Katherine baixinho, baixando os cílios. Stefan sabia que isso não era verdade, mas não disse nada; nunca trairia o segredo de Katherine. Ela olhou o pai dele de novo. — Mas agora estou aqui, senhor.

— Sim, sim, isto é bem verdade. E devo dizer que esta noite teremos uma refeição muito especial pela volta de seu pai.

Damon... Conversaremos depois. — Enquanto Giuseppe gesticulava para um criado e saía, Stefan virou-se para Katherine, encantado. Eles mal podiam se falar sem a presença de seu pai ou de Gudren, a impassível criada germânica de Katherine.

Mas o que Stefan viu lhe pareceu um murro no estômago. Katherine sorria — aquele sorrisinho secreto que ela em geral compartilhava com ele. Mas não olhava para Stefan. Olhava para Damon.

Stefan odiou o irmão naquele momento, odiou a beleza sombria e a graça e sensualidade de Damon, que atraía mulheres como mariposas a uma chama. Naquele instante, ele queria golpear Damon, estilhaçar aquela beleza. Em vez disso, teve de ficar parado e olhar Katherine se aproximar lentamente de seu irmão, passo a passo, o vestido de brocado dourado sussurrando no piso ladrilhado.

E, enquanto olhava, Damon estendeu a mão para Katherine e abriu seu cruel sorriso de triunfo...

Stefan virou-se bruscamente da janela.

Por que estava reabrindo velhas feridas? Mas enquanto ainda pensava nisso, ele sacou a fina corrente de ouro que trazia sob a camisa. Seu polegar e o indicador acariciaram o anel que nela pendia, depois ele a ergueu até a luz.

O pequeno aro era primorosamente trabalhado em ouro e cinco séculos não conseguiram apagar seu brilho. Tinha uma única pedra engastada, um lápis-lazúli do tamanho da unha de seu dedo mínimo. Stefan olhou para ela, depois para o pesado anel de prata, também com um lápis-lazúli engastado, em sua própria mão. Em seu peito, sentiu o aperto familiar.

Ele não conseguia esquecer o passado e não desejava realmente fazer isso. Apesar de tudo o que acontecera, ele acalentava a lembrança de Katherine. Mas havia uma lembrança que ele não devia perturbar, uma página no diário que não devia virar. Se tivesse de reviver aquele horror, aquela... maldade, ele enlouqueceria. Como tinha enlouquecido naquele dia, no dia derradeiro, quando considerou sua própria sina...

Stefan encostou-se na janela, a testa comprimida em sua frieza. Seu preceptor tinha outro ditado: *O mal nunca encontrará a paz. Pode triunfar, mas jamais encontrará a paz.*

Por que ele viera para Fell's Church?

Ele tinha esperanças de encontrar a paz aqui, mas era impossível. Nunca seria aceito, jamais descansaria. Porque ele era cruel. E não podia mudar o que era.

Naquela manhã, Elena acordou ainda mais cedo do que de costume. Podia ouvir tia Judith andando em seu quarto, preparando-se para tomar banho. Margaret ainda dormia, enroscada como um ratinho na cama. Elena passou pela porta entreaberta da irmã mais nova sem fazer ruído e continuou pelo corredor até sair da casa.

O ar estava fresco e claro; o marmeleiro habitado apenas pelos gaios e pardais de sempre. Elena, que tinha ido para a cama com a cabeça latejando de dor, ergueu o rosto para o céu azul e limpo e respirou fundo.

Sentia-se muito melhor do que na véspera. Prometera encontrar Matt antes da aula e, embora não ansiasse por isso, tinha certeza de que tudo ficaria bem.

Matt morava a apenas duas ruas da escola. Era uma casa simples, como todas as outras naquela rua, a não ser talvez pelo balanço na varanda que era um pouco mais gasto, a tinta um pouco mais descascada. Matt já estava parado do lado de fora e por um momento o coração de Elena acelerou ao vê-lo, como costumava acontecer.

Ele *era mesmo* bonito. Não havia dúvida quanto a isso. Não daquela forma assombrosa e quase perturbadora que... que algumas pessoas aparentavam, mas de um jeito saudável. Matt Honeycutt era o típico americano. O cabelo louro estava curto para a temporada de futebol, e sua pele estava queimada de sol, de trabalhar ao ar livre na fazenda dos avós. Os olhos azuis eram sinceros e francos. Mas hoje, enquanto Matt estendia os braços para abraçá-la delicadamente, eles estavam meio tristes.

— Quer entrar?

— Não. Vamos dar uma caminhada — disse Elena. Eles andaram lado a lado, sem se tocar. Bordos e nogueiras escuras ladeavam a rua e o ar ainda tinha um silêncio matinal. Elena olhava os próprios pés na calçada molhada, sentindo-se subitamente insegura. Não sabia como começar.

— Então, você ainda não me contou sobre a França — disse ele.

— Ah, foi ótimo — respondeu Elena. Ela olhou de lado para ele. Matt também olhava a calçada. — Tudo lá foi ótimo — continuou ela, tentando imprimir algum entusiasmo na voz.

— As pessoas, a comida, tudo. Foi mesmo... — sua voz falhou e ela riu de nervoso.

— É, eu sei. Ótimo — ele terminou por ela. Ele parou e olhou os tênis surrados. Elena os reconhecia do ano passado. A família de Matt mal conseguia se sustentar; talvez ele não tivesse podido comprar sapatos novos. Ela levantou a cabeça e descobriu os olhos azuis e calmos dele.

— Sabe de uma coisa, *você* é que está ótima agora — disse ele.

Elena abriu a boca, espantada, mas ele falou novamente.

— E acho que tem uma coisa para me dizer.

Ela o fitou e ele sorriu, um sorriso torto e pesaroso. Depois ele estendeu os braços novamente.

— Ah. *Matt* — disse ela, abraçando-o com força. Ela recuou para olhar em seu rosto. — Matt, você é o cara mais legal que já conheci. Eu não mereço você.

— Ora, então é por isso que está me largando — disse Matt enquanto eles recomeçaram a andar. — Porque sou bom demais para você. Eu devia ter percebido isso antes.

Ela lhe deu um soco no braço.

— Não, não é por isso, e eu não estou largando você. Vamos ser amigos, não é?

— Ah, claro. Sem dúvida nenhuma.

— Porque é o que percebi que somos. — Ela parou, olhando para ele de novo. — Bons amigos. Seja franco agora, Matt, não é o que você sente por mim?

Ele olhou para ela, depois revirou os olhos.

— Posso apelar a meu direito de ficar calado? — perguntou ele. Enquanto a cara de Elena arriava, ele acrescentou: — Isso não tem nada a ver com aquele cara novo, tem?

— Não — respondeu Elena depois de hesitar, em seguida acrescentou rapidamente: — Eu nem o conheci ainda. Não o conheço.

— Mas quer. Não, não diga isso. — Ele pôs um braço em volta dela e a virou delicadamente. — Venha, vamos para a escola. Se tivermos tempo, vou até te pagar um donut.

Enquanto eles andavam, alguma coisa se agitou na nogueira acima deles. Matt assoviou e apontou.

— Olha só isso! O maior corvo que já vi na minha vida.

Elena olhou, mas ele já havia ido embora.

A escola naquele dia era apenas um lugar conveniente para Elena analisar seus planos.

Ela acordou sabendo o que ia fazer. E reuniu a maior quantidade de informações que pôde sobre Stefan Salvatore. O que não foi difícil, uma vez que todos na Robert E. Lee estavam falando dele.

Era de conhecimento geral que ele tivera uma espécie de rixa com a secretária de admissão ontem. E hoje ele tinha sido chamado à sala do diretor. Alguma coisa em seus documentos. Mas o diretor o mandou de volta à aula (depois, segundo os boatos, de uma ligação para Roma — ou seria para Washington?), e agora tudo parecia estar resolvido. Pelo menos oficialmente.

Quando Elena chegou para a aula de história europeia naquela tarde, foi recebida por um assovio baixo no corredor. Dick Carter e Tyler Smallwood estavam zanzando por ali. Uma dupla de idiotas, pensou ela, ignorando o assovio e as gracinhas dos dois. Eles pensaram que estar paramentados e seguros dentro no uniforme do time de futebol americano os tornava uns gatos. Elena ficou de olho neles enquanto ela mesma se demorava no corredor, retocando o batom e mexendo no pó compacto. Ela deu instruções específicas a Bonnie e o plano estava pronto para ser colocado em prática assim que Stefan aparecesse. O espelho do pó lhe dava uma visão maravilhosa do corredor às suas costas.

Ainda assim, ela não o viu se aproximando. De repente ele estava ao lado dela, e Elena fechou a caixa de pó compacto enquanto ele passava. Ela pretendia pará-lo, mas alguma coisa aconteceu antes que pudesse fazer isso. Stefan se retesou — ou, pelo menos, havia alguma coisa nele que de repente pareceu cautelosa. Nesse momento Dick e Tyler pararam na porta da sala de história. Bloqueando o caminho.

Idiotas, pensou Elena. Com raiva, ela os fuzilou com o olhar por sobre o ombro de Stefan.

Eles estavam gostando do jogo, relaxados na soleira da porta, fingindo não ver Stefan parado ali.

— Com licença. — Foi o mesmo tom que ele usou com o professor de história. Baixo, distante.

Dick e Tyler se olharam, depois olharam em volta, como se ouvissem vozes de espíritos.

— Licença? — disse Tyler em falsete. — Licença? Com licença? Influenza? — Os dois riram.

Elena viu os músculos endurecerem sob a camiseta diante dela. Aquilo era totalmente injusto; os dois eram mais altos do que Stefan, e Tyler tinha duas vezes a largura dele.

— Algum problema aqui? — Elena ficou tão sobressaltada quanto os meninos com a nova voz atrás dela. Ela se virou e viu Matt. Seus olhos azuis eram duros.

Elena mordeu o lábio para reprimir um sorriso enquanto Tyler e Dick se afastavam lentamente, ressentidos. O bom e velho Matt, pensou ela. Mas agora o bom e velho Matt estava entrando na sala ao lado de Stefan, e ela teve de segui-los, olhando as costas das duas camisetas. Quando eles se sentaram, ela deslizou para a carteira atrás de Stefan, onde podia observá-lo sem ser observada. Seu plano teria de esperar até depois da aula.

Matt sacudia algo no bolso, o que significava que queria dizer alguma coisa.

— Er, ei — começou ele enfim, pouco à vontade. — Aqueles caras, sabe como é...

Stefan riu. Era um som amargo.

— Quem sou eu para julgar? — Havia mais emoção em sua voz do que Elena ouvira antes, mesmo quando ele falou com o Sr. Tanner. E essa emoção era de uma infelicidade crua. — De qualquer modo, por que eu devia ser bem recebido aqui? — Terminou ele, quase para si mesmo.

— Por que não seria? — Matt agora fitava Stefan; seu queixo endureceu e ele parecia decidido. — Escute — disse ele. — Você ontem falou de futebol. Bom, um astro do nosso time rompeu um ligamento ontem e precisamos de um substituto. Os testes serão hoje à tarde. O que você acha?

— Eu? — Stefan pareceu ser pego de guarda baixa. — Ah... Não sei se vou poder.

— Você sabe correr?

— Se eu sei...? — Stefan meio que se virou para Matt e Elena pôde ver uma leve sugestão de sorriso curvando seus lábios.

— Sei.

— Sabe pegar?

— Sei.

— É só o que você tem de fazer. Eu sou *quarterback*. Se você puder pegar o que eu lançar e correr com ela, então pode jogar.

— Entendi. — Stefan já estava quase sorrindo, embora a boca de Matt estivesse séria, os olhos azuis dançando. Pasma consigo mesma, Elena percebeu que estava com ciúme. Havia uma camaradagem entre os dois meninos que a excluía completamente.

Mas no instante seguinte o sorriso de Stefan desapareceu. Ele disse, distante:

— Obrigado... Mas não. Tenho outros compromissos.

Neste momento, Bonnie e Caroline chegaram e a aula começou.

Durante toda a aula de Tanner sobre a Europa, Elena repetia para si mesma: "Olá. Meu nome é Elena Gilbert. Sou do Comitê de Boas-vindas dos Veteranos, e fui designada para lhe mostrar a escola. Então, não vai querer me meter em problemas, não é, me impedindo de fazer meu trabalho?" Esta última frase com os olhos arregalados e tristonhos — mas só se ele desse a impressão de que ia tentar se esquivar. Era praticamente à prova de erro. Ele era fascinado por donzelas que precisavam ser resgatadas.

Na metade da aula, a menina sentada à direita dela lhe passou um bilhete. Elena o abriu e reconheceu a letra redonda e infantil de Bonnie. Dizia: "Mantive C. longe o máximo que pude. O que houve? Não deu certo???"

Elena levantou a cabeça e viu Bonnie se virar na carteira da fila da frente. Elena apontou para o bilhete e sacudiu a cabeça, murmurando: "Depois da aula."

Pareceu se passar um século até que Tanner deu umas instruções de último minuto sobre um seminário e os dispensou. Depois todos se levantaram de uma só vez. Lá vai, pensou Elena, e, com o coração aos saltos, andou firmemente na direção de Stefan, bloqueando o corredor para ele não poder contorná-la.

Assim como Dick e Tyler, pensou ela, sentindo um impulso incontrolável de dar uma gargalhada. Ela levantou a cabeça e seus olhos ficavam exatamente no nível da boca de Stefan.

Sua mente teve um apagão. O que devia dizer mesmo? Ela abriu a boca e, de algum modo, as palavras que tinha ensaiado saíram trêmulas.

— Oi, meu nome é Elena Gilbert e sou do comitê de Boas-vindas dos Veteranos e fui designada...

— Desculpe; eu não tenho tempo. — Por um minuto, ela não acreditou que ele já estivesse falando, que nem lhe desse a oportunidade de terminar. Sua boca continuou onde o discurso havia parado.

— ... para mostrar a você a escola...

— Desculpe; não posso. Tenho que... ir aos testes do futebol. — Stefan virou-se para Matt, que estava parado ali perto, olhando espantado. — Você disse que eram logo depois da aula, não foi?

— Sim — disse Matt devagar. — Mas...

— Então é melhor eu ir andando. Talvez possa me mostrar o caminho.

Matt olhou desamparado para Elena, depois deu de ombros.

— Bom... claro. Vamos. — Ele olhou para trás uma vez quando partiram. Stefan não fez o mesmo.

Elena se viu olhando para uma roda de observadores interessados, inclusive Caroline, que sorria abertamente. Elena sentiu um torpor no corpo e um volume na garganta. Não suportou ficar ali nem mais um segundo. Virou-se e saiu da sala com a maior rapidez que pôde.

4

Quando Elena chegou ao armário, o torpor tinha diminuído e o bolo na garganta tentava se dissolver em lágrimas. Mas ela não ia chorar na escola, disse a si mesma, ela *não faria isso*. Depois de fechar o armário, foi para a saída principal.

Pelo segundo dia consecutivo, ela estava indo para casa logo depois do último sinal, e sozinha. Tia Judith não ia poder lidar com isso. Mas quando Elena chegou em casa, o carro de tia Judith não estava na entrada; ela e Margaret deviam ter saído para fazer compras. A casa estava silenciosa e pacífica quando Elena entrou.

Ela ficou feliz com aquela quietude; naquele momento, queria ficar sozinha. Mas, por outro lado, não sabia exatamente o que fazer consigo mesma. Agora que finalmente *podia* chorar, ela descobriu que as lágrimas não vinham. Deixou a mochila tombar no chão do hall e foi lentamente para a sala.

Era uma sala bonita e impressionante, a única parte da casa, além do quarto de Elena, que pertencia à estrutura original. A primeira casa tinha sido construída antes de 1861 e foi quase completamente incendiada na Guerra Civil. Só o que puderam salvar fora este cômodo, com sua elaborada lareira emoldurada por frisos espiralados, e o grande quarto em cima. O bisavô do pai de Elena construíra uma casa nova e os Gilbert moravam ali desde então.

Elena virou-se para olhar por uma das janelas que iam do chão ao teto. O vidro muito antigo era grosso e ondulado, e todo o lado de fora ficava distorcido, parecendo meio trêmulo. Ela se lembrou da primeira vez que seu pai lhe mostrara esse vidro antigo e ondulado, quando ela era mais nova do que Margaret era agora.

O bolo em sua garganta voltou, mas as lágrimas ainda não saíram. Tudo dentro dela era contraditório. Ela não queria companhia, e no entanto sentia-se dolorosamente só. Ela *queria* pensar, mas agora que tentava, seus pensamentos lhe escapavam como camundongos fugindo de uma coruja branca.

Coruja branca... Ave de rapina... Carniceira... Corvo, ela pensou. "O maior corvo que já vi na minha vida", Matt havia dito.

Seus olhos formigaram de novo. Coitado do Matt. Ela o magoara, mas ele tinha sido tão bacana. Tinha sido legal até com Stefan.

Stefan. Seu coração martelou uma vez, duro, espremendo duas lágrimas quentes de seus olhos. Pronto, enfim ela estava chorando. Ela estava chorando de raiva, humilhação e frustração — e o que mais?

O que ela realmente perdera hoje? O que ela realmente sentia por esse estranho, esse Stefan Salvatore? É verdade que ele era um desafio e isso o tornava diferente, interessante. Stefan era exótico... Era excitante.

Que engraçado, isso era o que os caras às vezes diziam da *própria* Elena. E ultimamente ela ouvia deles, ou dos amigos ou irmãs deles, como eles ficavam nervosos antes de sair com ela, como as palmas das mãos suavam e um frio na barriga surgia. Elena sempre achou essas histórias divertidas. Nenhum menino que ela conhecera na vida a havia deixado nervosa.

Mas hoje, quando falava com Stefan, sua pulsação tinha disparado, seus joelhos tinham ficado fracos. As palmas das mãos ficaram molhadas. E não havia frio na barriga — havia uma avalanche.

Ela estava interessada no cara porque ele a deixava nervosa? Não era um bom motivo, Elena, disse ela a si mesma. Na realidade, era um motivo muito ruim.

Mas também havia aquela boca. Aquela boca esculpida que amolecia seus joelhos com alguma coisa inteiramente diferente do nervosismo. E aquele cabelo escuro como a noite — seus dedos formigavam de vontade de sentir sua maciez. Aquele corpo magro, musculoso, as pernas longas... E aquela *voz*. Tinha sido a voz dele que a fizera decidir ontem, tornando-a absolutamente determinada a tê-lo. A voz dele tinha sido fria e desdenhosa quando falou com o Sr. Tanner, mas estranhamente atraente, apesar de tudo. Ela se perguntou se também podia ficar escura com a noite, e como soaria dizendo o nome dela, sussurrando seu nome...

— Elena!

Elena deu um salto, seus devaneios espatifados. Mas não era Stefan Salvatore que a chamava, era tia Judith fazendo barulho na porta da frente.

— Elena? Elena! — e essa era Margaret, a voz estridente. — Você está em casa?

A infelicidade dominou Elena de novo e ela olhou pela cozinha. Não conseguiria encarar as perguntas preocupadas da tia ou a animação inocente de Margaret. Não com os cílios molhados e novas lágrimas ameaçando sair a qualquer momento. Ela tomou uma decisão rápida e no mesmo momento escapuliu pela porta dos fundos, enquanto a da frente se fechava com estrondo.

Na varanda dos fundos e no quintal, ela hesitou. Não queria correr para ninguém que conhecia. Mas para onde iria sozinha?

A resposta veio quase de imediato. É claro. Iria ver os pais.

Era uma longa caminhada; quase até os limites da cidade, mas nos últimos três anos tinha se tornado familiar para Elena. Ela atravessou a ponte Wickery e subiu a colina, passou pela igreja em ruínas e desceu até o pequeno vale abaixo.

Aquela parte do cemitério era bem conservada; fora a antiga seção que ficara arruinada. Ali, a grama era bem aparada e buquês de flores produziam borrifos de cores vivas. Elena se sentou perto da grande lápide de mármore com o "Gilbert" entalhado na frente.

— Oi, mãe. Oi, pai — sussurrou ela. Ela se inclinou para colocar na frente da lápide uns beijos-de-frade roxos que tinha colhido no caminho. Depois cruzou as pernas sob o corpo e se sentou.

Elena ia ali com frequência depois do acidente. Margaret fora a única a sobreviver ao acidente de carro; nem se lembrava deles. Mas Elena se lembrava. Deixou sua mente vagar por essas lembranças, o bolo em sua garganta inchou e as lágrimas saíram facilmente. Ela sentia tanta falta deles, ainda sentia. A mãe, tão nova e bonita, e o pai, com um sorriso que criava rugas em volta dos olhos.

Elena tinha sorte por ter tia Judith, é claro. Não era toda tia que largava o emprego e se mudava para uma cidadezinha para cuidar de duas sobrinhas órfãs. E Robert, o noivo de tia Judith, era mais um padrasto para Margaret do que um tio emprestado por casamento.

Mas Elena se lembrava dos pais. Às vezes, logo depois do enterro, ela passava ali para brigar com eles, furiosa pela idiotice de se deixarem morrer. Isso acontecia quando ela ainda não conhecia muito bem tia Judith e sentia que não havia lugar na terra a que pertencesse.

Qual era o lugar dela agora?, ela se perguntou. A resposta fácil era, ali, em Fell's Church, onde morara a vida toda. Mas ultimamente a resposta fácil parecia errada. Ultimamente ela sentia que devia haver mais alguma coisa lá fora para ela, um lugar que ela reconhecesse de pronto e chamasse de lar.

Uma sombra caiu sobre Elena e ela olhou para cima, assustada. Por um instante, as duas figuras paradas acima dela eram estranhas, desconhecidas, vagamente ameaçadoras. Ela as encarou, paralisada.

— Elena — disse alvoroçada a figura menor, as mãos nos quadris —, às vezes eu *me preocupo* de verdade com você.

Elena piscou e soltou uma risada curta. Eram Bonnie e Meredith.

— O que uma pessoa precisa fazer para ter alguma privacidade na vida? — disse ela enquanto as duas se sentavam.

— É só dizer para a gente ir embora — sugeriu Meredith, mas Elena deu de ombros. Meredith e Bonnie em geral vinham aqui para encontrá-la nos meses depois do acidente. De repente, ela se sentiu feliz com isso, e grata às duas amigas. No mínimo, seu lugar era com as amigas que se importavam com ela. Elena não ligava que elas vissem que estivera chorando e aceitou o lenço amarfanhado que Bonnie lhe oferecia, enxugando os olhos. As três ficaram sentadas em silêncio por um tempinho, olhando o vento farfalhar os carvalhos na beira do cemitério.

— Eu lamento pelo que aconteceu na aula — disse Bonnie por fim, numa voz suave. — Foi mesmo horrível.

— E o seu sobrenome é "Tato" — disse Meredith. — Não pode ter sido tão ruim, Elena.

— Você não estava lá. — Elena sentia-se quente de novo com a lembrança. — *Foi mesmo* horrível. Mas não ligo mais — acrescentou ela categoricamente, num tom de desafio. — Para mim, acabou. Eu não o quero mais.

— Elena!

— Não, Bonnie. Ele evidentemente acha que é bom demais para... para os americanos. Então ele pode pegar aqueles óculos de grife e...

Houve bufos de riso das outras meninas. Elena assoou o nariz e sacudiu a cabeça.

— E então — disse ela a Bonnie, mudando de assunto propositalmente — pelo menos hoje o Tanner parecia de melhor humor.

Bonnie pareceu infeliz.

— Sabia que ele me fez ser a primeira a apresentar meu seminário? Mas eu não ligo; vou fazer o meu sobre os druidas e...

— Sobre o quê?

— *Drui*-das. Os caras esquisitos que construíram Stonehenge e faziam mágica e essas coisas na antiga Grã-Bretanha. Eu sou descendente deles, e é por isso que sou paranormal.

Meredith bufou, mas Elena franziu a testa para a folha de grama que torcia entre os dedos.

— Bonnie, você realmente viu alguma coisa ontem na minha mão? — perguntou ela de repente.

Bonnie hesitou.

— Não sei — disse ela por fim. — Eu... na hora *achei* que sim. Mas às vezes minha imaginação corre solta.

— Ela sabia que você estava aqui — disse Meredith inesperadamente. — Pensei em procurar na lanchonete, mas Bonnie disse: "ela está no cemitério".

— Eu disse? — Bonnie pareceu meio surpresa, mas impressionada. — Bom, agora você vê. Minha avó em Edimburgo tinha intuições e eu também tenho. Sempre pula uma geração.

— E você desce dos druidas — disse Meredith solenemente.

— Bom, isso é verdade! Na Escócia, eles preservam as antigas tradições. Você não ia *acreditar* em algumas coisas que minha avó faz. Ela sabe como descobrir com quem você vai se casar e quando vai morrer. Ela me disse que eu vou morrer cedo.

— Bonnie!

— Ela disse, sim. Eu estarei jovem e linda em meu caixão. Não acha isso romântico?

— Não acho, não. Acho que é nojento — disse Elena. As sombras ficavam mais longas e o vento agora esfriava.

— Então, com quem você vai se casar, Bonnie? — Meredith a desafiou.

— Não sei. Minha avó me contou o ritual para descobrir, mas nunca experimentei. É claro — Bonnie assumiu uma pose sofisticada — que ele tem de ser tremendamente rico e totalmente lindo. Como nosso misterioso galã de cabelos escuros, por exemplo. Particularmente se ninguém mais o quiser. — Ela lançou um olhar travesso para Elena.

Elena se recusou a morder a isca.

— Que tal Tyler Smallwood? — murmurou ela com inocência. — O pai dele é bem rico.

— E ele não é feio — concordou Meredith solenemente. — Isto é, claro, se você gostar muito de bichos. Todos aqueles dentões brancos.

As meninas se olharam e explodiram simultaneamente numa gargalhada. Bonnie atirou um punhado de grama em Meredith, que as limpou e atirou um dente-de-leão nela. Em algum lugar no meio disso, Elena percebeu que ia ficar bem. Seria ela mesma de novo, não perdida, nem uma estranha, mas Elena Gilbert, a rainha da Robert E. Lee. Ela tirou a fita cor de damasco do cabelo e sacudiu, soltando-o no rosto.

— Decidi o que vou fazer no *meu* seminário — disse ela, fitando com os olhos semicerrados enquanto Bonnie tirava a grama dos cachos de cabelo.

— O quê? — disse Meredith.

Elena empinou o queixo para olhar o céu avermelhado e roxo no alto da colina. Respirou pensativamente e deixou o suspense se demorar mais um pouco. Depois disse com frieza:

— A Renascença italiana.

Bonnie e Meredith a fitaram, depois se olharam e explodiram em uivos de riso de novo.

— Arrá — disse Meredith quando elas se recuperaram. — Então o tigre retornou.

Elena abriu um sorriso selvagem. Sua confiança voltara. E embora não entendesse a si mesma, ela sabia de uma coisa: não ia deixar que Stefan Salvatore se safasse ileso.

— Tudo bem — disse ela animadamente. — Agora me escutem, vocês duas. Ninguém mais pode saber disso, ou eu serei a piada da escola. E Caroline adoraria qualquer desculpa para me ridicularizar. Mas eu *ainda* o quero e vou tê-lo. Não sei como, mas vou. Mas até que eu bole um plano, nós vamos dar um gelo nele.

— Ah, *nós* vamos?

— É, *nós* vamos. Você não pode ter o cara, Bonnie; ele é meu. E eu preciso confiar inteiramente em você.

— Peraí um minutinho — disse Meredith, com um brilho nos olhos. Ela soltou o broche esmaltado da blusa e depois, segurando no alto do polegar, deu uma espetada rápida. — Bonnie, me dê a sua mão.

— Por quê? — disse Bonnie, olhando o alfinete com desconfiança.

— Porque quero me casar com você. Por que acha que é, idiota?

— Mas... Mas... Ah, tudo *bem*. Ai!

— Agora você, Elena. — Meredith espetou o polegar de Elena com eficiência, depois espremeu para conseguir uma gota de sangue. — Agora — continuou ela, fitando as outras duas com os olhos escuros e faiscantes —, vamos colocar os polegares juntos e jurar. Especialmente você, Bonnie. Jure guardar segredo e fazer o que Elena pedir com relação a Stefan.

— Olha, jurar com sangue é perigoso — protestou Bonnie, séria. — Significa que você tem de se prender ao juramento, independentemente do que acontecer, não importa o *quê*, Meredith.

— Eu sei — disse Meredith, impiedosa. — É por isso que estou lhe dizendo para fazer isso. Eu me lembro do que aconteceu com Michael Martin.

Bonnie fez uma careta.

— Isso foi anos atrás e nós terminamos logo depois, de qualquer forma, e... Ah, tudo bem. Vou jurar. — Fechando os olhos, ela disse: — Juro guardar isso em segredo e fazer tudo o que Elena pedir sobre Stefan.

Meredith repetiu o juramento. E Elena, olhando as sombras pálidas de seus polegares unidos no anoitecer que se adensava, respirou fundo e disse suavemente:

— E eu juro não descansar até que ele me pertença.

Uma lufada de vento frio soprou pelo cemitério, agitando o cabelo das meninas e fazendo voar folhas secas no chão. Bonnie arfou e recuou, e as três olharam em volta, depois riram de nervosos.

— Está escuro — disse Elena, surpresa.

— É melhor a gente ir para casa — disse Meredith, recolocando o broche enquanto se levantava. Bonnie se ergueu também, colocando a ponta do polegar na boca.

— Tchau — disse Elena suavemente, de frente para a lápide. A flor roxa era um borrão no chão. Ela pegou a fita cor de damasco que estava ao lado, virou-se e assentiu para Bonnie e Meredith. — Vamos.

Em silêncio, elas subiram a colina na direção da igreja em ruínas. O juramento feito com sangue lhes dera toda uma sensação solene e, enquanto elas passavam pela igreja arruinada, Bonnie estremeceu. Com o sol se pondo, a temperatura caíra abruptamente e o vento aumentava. Cada lufada provocava sussurros na relva e fazia os antigos carvalhos chocalharem as folhas pendentes.

— Estou congelando de frio — disse Elena, parando por um momento perto do buraco escuro que antigamente fora a porta da igreja e olhando para a paisagem abaixo.

A lua ainda não tinha nascido e ela só conseguia distinguir o antigo cemitério e a ponte Wickery além dele. O antigo cemitério datava da Guerra Civil e muitas lápides traziam os nomes de soldados. O lugar tinha uma aparência selvagem; amoreiras e mato alto cresciam nas sepulturas, e trepadeiras enxameavam sobre o granito esfarelado. Elena jamais gostara disso.

— Parece diferente, não é? No escuro, quero dizer — disse ela, hesitante. Ela não sabia como dizer o que realmente queria, que este não era um lugar para os vivos.

— A gente podia pegar o caminho mais longo — disse Meredith. — Mas isso ia significar mais vinte minutos a pé.

— Eu não me importo de ir por aqui — disse Bonnie, engolindo em seco. — Sempre disse que queria ser enterrada ali, no antigo cemitério.

— Quer parar de falar em ser enterrada? — rebateu Elena, e partiu para descer a colina. Mas quanto mais descia pelo caminho estreito, mais desconfortável se sentia. Ela reduziu o passo até que Bonnie e Meredith a alcançassem. Ao se aproximarem da primeira lápide, seu coração começou a bater acelerado. Ela tentou ignorar, mas toda a sua pele formigava, em alerta, e os pelos finos de seus braços se eriçaram. Entre as lufadas de vento, cada som parecia horrivelmente ampliado; o esmagar de seus pés no caminho coberto de folhas era ensurdecedor.

Agora a igreja em ruínas era uma silhueta escura atrás das meninas. A trilha estreita seguia entre lápides incrustadas de liquens, muitas mais altas do que Meredith. Grandes o bastante para alguma coisa se esconder por trás, pensou Elena, inquieta. Algumas lápides eram perturbadoras, como aquela com o querubim que parecia um bebê de verdade, a não ser pela cabeça que tinha caído e fora cuidadosamente colocada ao lado do corpo. Os imensos olhos de granito da cabeça eram vazios. Elena não conseguia tirar os olhos deles e seu coração começou a bater forte.

— Por que paramos? — disse Meredith.

— Eu só... Desculpe — murmurou Elena, mas quando se obrigou a virar-se, de imediato enrijeceu. — Bonnie? — disse ela. — Bonnie, qual é o problema?

Bonnie olhava fixamente o cemitério, os lábios separados, os olhos tão arregalados e vagos quanto os do querubim de pedra. O medo inundou o estômago de Elena.

— Bonnie, pare com isso. Pare! Não é engraçado.

Bonnie não respondeu.

— Bonnie! — disse Meredith. Ela e Elena se olharam, e de repente Elena sabia que tinha de ir embora. Ela girou o corpo para recomeçar a percorrer a trilha, mas uma voz estranha soou por trás, e ela se virou de repente.

— Elena — disse a voz. Não era a voz de Bonnie, mas vinha de sua boca. Pálida na escuridão, Bonnie estava imóvel, fitando o cemitério. Seu rosto não tinha expressão alguma. — Elena — disse a voz novamente e acrescentou, enquanto a cabeça de Bonnie se virava para ela: — Há alguém esperando ali por você.

Elena nunca soube o que aconteceu nos minutos seguintes. Alguma coisa pareceu se mexer entre as formas recurvadas e escuras das lápides, mudando e subindo entre elas. Elena gritou e Meredith deu um berro, depois as duas estavam correndo e Bonnie corria com elas, gritando também.

Elena correu pelo caminho estreito, tropeçando nas pedras e grumos de raiz de grama. Bonnie lutava para respirar atrás dela e Meredith, a calma e cínica Meredith, arfava desesperada. Houve uma agitação repentina e um guincho num carvalho acima delas, e Elena descobriu que podia correr ainda mais rápido.

— Tem alguma coisa atrás da gente! — gritou Bonnie, estridente. — Ah, meu Deus, o que está acontecendo?

— Pegue a ponte — ofegou Elena através do fogo nos pulmões. Ela não sabia por quê, mas sentia que tinha de chegar lá. — Não pare, Bonnie! Não olhe para trás! — Ela pegou a manga da menina e a puxou.

— Não posso fazer isso — soluçou Bonnie, segurando a lateral do corpo, o passo vacilante.

— Pode sim — rosnou Elena, agarrando a manga de Bonnie e obrigando-a a continuar em movimento. — Vamos. *Vamos!*

Ela viu o brilho prateado da água diante delas. Havia uma clareira entre os carvalhos e a ponte pouco além. As pernas de Elena tremiam e sua respiração assoviava na garganta, mas ela não se permitiu ficar para trás. Agora podia ver as tábuas de madeira da passarela. A ponte estava a seis metros das meninas, agora a três metros, dois.

— Conseguimos — disse Meredith ofegante, os pés batendo na madeira.

— Não pare! Vamos para o outro lado!

A ponte estalava enquanto elas corriam atabalhoadamente, os passos ecoando na água. Quando pulou na terra batida da outra margem, Elena enfim soltou a manga de Bonnie e deixou que as pernas parassem, trôpegas.

Meredith estava curvada, as mãos nas coxas, respirando fundo. Bonnie chorava.

— O que foi isso? Ah, o que foi isso? — dizia ela. — Ainda está vindo?

— Achei que a especialista fosse você — disse Meredith com a voz entrecortada. — Pelo amor de Deus, Elena, vamos dar o fora daqui.

— Não, agora está tudo bem — sussurrou Elena. Havia lágrimas em seus olhos e todo o seu corpo tremia, mas o bafo quente em sua nuca se fora. O rio se estendia entre ela e aquilo, as águas num tumulto escuro. — Não pode nos seguir aqui — disse ela.

Meredith a olhou, depois para a outra margem, com os carvalhos agrupados, em seguida para Bonnie. Molhou os lábios e deu uma risada curta.

— Claro. Não pode nos seguir. Mas vamos para casa de qualquer maneira, tá? A não ser que goste de passar a noite aqui fora.

Uma sensação inominável fez Elena estremecer.

— Esta noite não, obrigada — falou. Ela pôs um braço em volta de Bonnie, que ainda fungava. — Está tudo bem, Bonnie. Agora estamos seguras. Vamos.

Meredith olhava o outro lado do rio de novo.

— Sabe de uma coisa, não estou vendo nada lá — disse ela, a voz mais calma. — Talvez não houvesse nada atrás da gente; talvez a gente tenha entrado em pânico e nos assustamos sozinhas. Com uma ajudazinha da sacerdotisa druida aqui.

Elena não disse nada quando elas começaram a andar, mantendo-se muito próximas na trilha de terra. Mas ela tinha dúvidas. Tinha muitas dúvidas.

5

A lua cheia estava a pino quando Stefan voltou à pensão. Ele estava atordoado, quase com vertigem, tanto de cansaço como do excesso de sangue que tinha tomado. Já fazia muito tempo desde que ele se permitira se alimentar tanto. Mas a explosão de poder descontrolado perto do cemitério colocou-o em frenesi, despedaçando seu controle já enfraquecido. Ele ainda não entendia bem de onde vinha o Poder. Estava em seu lugar nas sombras observando as meninas humanas quando ele explodiu de trás, provocando a fuga das garotas. Ele foi apanhado entre o medo de elas correrem para o rio e o desejo de sondar este poder e descobrir sua origem. No final, foi atrás *dela*, incapaz de permitir que ela se ferisse.

Alguma coisa escura tinha voado para o bosque enquanto as humanas chegavam ao santuário da ponte, mas nem mesmo os sentidos noturnos de Stefan conseguiram distinguir o que era. Ele observou enquanto *ela* e as outras duas partiram para a cidade. Depois deu meia-volta para o cemitério.

Agora estava vazio, livre do que quer que estivesse ali. No chão, jazia uma fita de seda que a olhos comuns teria parecido cinza no escuro. Mas ele viu sua verdadeira cor e, enquanto a segurava entre os dedos, levando-a lentamente até os lábios, pôde sentir o cheiro dela, de seu cabelo.

A lembrança o engolfou. Já era bem ruim quando ela estava fora de vista, quando sua mera existência o importunava, provocando a consciência. Mas estar no mesmo ambiente que ela na escola, sentir sua presença ali atrás, sentir a fragrância inebriante da pele ao seu redor, era quase mais do que ele podia suportar.

Ele ouvira cada respiração suave que ela dera, sentira seu calor irradiando nas costas dele, sentira cada batida de sua doce pulsação. E por fim, para seu pavor, Stefan se descobrira penetrando nisso. Sua língua roçava os caninos de um lado a outro, desfrutando da dor e do prazer que se formava ali, estimulando-o. Ele inalou deliberadamente o aroma dela para as narinas e deixou que as visões o invadissem, imaginando tudo. Como seu pescoço seria macio, como os lábios teriam a mesma suavidade no início, plantando minúsculos beijos aqui e ali, até que ele chegasse à cavidade dócil de seu pescoço. Como ele se aninharia ali, no lugar onde o coração batia tão forte na pele delicada. E como por fim os lábios dele se separariam, repuxar-se-iam dos dentes doloridos e agora afiados como pequenas adagas, e...

Não. Ele saiu do transe com um solavanco, a pulsação desvairada, o corpo trêmulo. A turma fora dispensada, havia movimento em volta e ele só podia esperar que ninguém o estivesse observando muito de perto.

Quando ela lhe falou, ele não conseguiu acreditar que tinha de ficar de frente para ela enquanto suas veias ardiam e todo o maxilar superior doía. Por um momento teve medo de que seu controle lhe escapasse, que ele a pegasse pelos ombros, na frente de todos. Ele não fazia ideia de como conseguira se afastar, sabia apenas que algum tempo depois estava canalizando sua energia para um exercício físico pesado, vagamente consciente de que não devia usar os Poderes. Não importava; mesmo sem eles, Stefan era muito superior aos meninos mortais com os quais competia no campo de futebol americano. Sua visão era mais aguçada, reflexos mais rápidos, os músculos mais fortes. Agora levava um tapinha nas costas e a voz de Matt soava em seus ouvidos:

— Meus parabéns! Bem-vindo ao time!

Olhando aquele rosto sincero e sorridente, Stefan foi tomado de vergonha. *Se você soubesse o que eu sou, não sorriria para mim,* pensou ele, impecável. *Eu ganhei esta competição de vocês ludibriando-os. E a menina que você ama — você a ama, não é? — agora está em meus pensamentos.*

E ela continuou em seus pensamentos, apesar de todos os seus esforços para bani-la esta tarde. Ele ficara vagando pelo cemitério, atraído do bosque por uma força que não compreendia. Depois de chegar lá, ele a vira, lutara consigo mesmo, lutara com a necessidade, até que o impulso do Poder fez com que ela e as amigas fugissem. E depois ele viera para casa — mas só depois de se alimentar. Depois de perder o controle.

Ele não conseguia se lembrar exatamente como tinha acontecido, como deixara que acontecesse. Essa chama do Poder começara, despertando coisas dentro dele que seria melhor manter adormecidas. A necessidade da caça. O anseio pela caçada, pelo cheiro do medo e o triunfo selvagem da morte. Já fazia anos — séculos — desde que ele sentira a necessidade com tanta força. Suas veias começaram a arder como fogo. E todos os seus pensamentos ficaram vermelhos: ele não conseguia pensar em nada, a não ser no gosto acobreado e quente, na vibração primordial do sangue.

Com essa excitação ainda grassando dentro de si, ele deu um passo ou dois atrás das meninas. Era melhor nem pensar no que *poderia* ter acontecido se ele não tivesse sentido o cheiro do velho. Mas enquanto se aproximava do final da ponte, suas narinas inflaram com o odor pungente e distinto de carne humana.

Sangue humano. O elixir definitivo, o vinho proibido. Mais inebriante do que qualquer bebida alcoólica, a essência ardente da própria vida. E ele estava tão cansado de reprimir a necessidade.

Houve um movimento na margem sob a ponte, enquanto uma pilha de trapos velhos se agitava. E no instante seguinte Stefan pousou graciosamente, como um felino, ao lado dele. Sua mão se estendeu e puxou os trapos, expondo o rosto rugoso que pestanejava no alto de um pescoço esquelético. Seus lábios se repuxaram.

E depois não houve som algum; somente o deleite.

Agora, enquanto subia trôpego a escada principal da pensão, ele tentava não pensar nisso, e não pensar nela — na menina que o tentara com seu calor, com sua vida. Era *ela* que ele verdadeiramente desejava, mas de agora em diante ele devia dar um fim a isso, devia matar quaisquer desses pensamentos, antes que eles começassem. Para o bem dele e para o bem dela. Stefan poderia ser o pior pesadelo da menina e ela nem sabia disso.

— Quem está aí? É você, rapaz? — uma voz desafinada e áspera chamou. Uma das portas do segundo andar se abriu e uma cabeça grisalha espiou.

— Sim, *signora*... Sra. Flowers. Desculpe por tê-la perturbado.

— Ah, é preciso mais do que um piso rangendo para me perturbar. Trancou a porta?

— Sim, *signora*. A senhora está... segura.

— Muito bem. Precisamos ficar seguros aqui. Nunca se sabe o que pode estar lá fora nesse bosque, não acha? — Ele olhou rapidamente para a carinha sorridente cercada pelos fiapos de cabelo grisalho, os olhos brilhantes e velozes. Haveria algum segredo escondido neles?

— Boa noite, *signora*.

— Boa noite, rapaz. — Ela fechou a porta.

Em seu quarto, ele caiu na cama e ficou deitado, encarando o teto baixo e inclinado.

Em geral ele ficava inquieto à noite; não era sua hora natural de dormir. Mas esta noite ele estava cansado. Consumia muita energia enfrentar a luz do sol, e a refeição pesada só contribuiu para sua letargia. Logo, embora seus olhos não se fechassem, ele não via mais o teto caiado acima dele.

Fragmentos aleatórios de lembranças flutuavam por sua mente. Katherine, tão linda naquela noite perto da fonte, o luar brilhando prateado em seu cabelo de ouro. Que orgulho ele tinha de se sentar com ela, ser o único que compartilhava seu segredo...

— Mas você não pode sair ao sol!
— Eu *posso*, desde que use isto. — Ela ergueu a mãozinha branca e o luar reluziu no anel de lápis-lazúli. — Mas o sol me cansa muito. Nunca fui muito forte.

Stefan olhou para ela, para a delicadeza de suas feições e a leveza de seu corpo. Ela era quase tão frágil quanto um vidro aquecido e repuxado. Não, ela nunca teria sido forte.

— Eu sempre adoecia quando era criança — disse ela com delicadeza, os olhos no jorro de água da fonte. — Da última vez, o médico finalmente disse que eu morreria. Lembro-me de meu pai chorando e me lembro de estar deitada em minha cama grande, fraca demais para me mexer. Cada respiração era um esforço demasiado. Eu estava tão triste por deixar o mundo e sentia frio, tanto frio.

— Mas o que aconteceu?
— Acordei no meio da noite e vi Gudren, minha criada, parada perto de minha cama. Depois ela deu um passo para o lado e vi o homem que ela trouxera. E tive medo. O nome dele era Klaus e eu ouvira o povo do vilarejo dizer que ele era cruel. Gritei para Gudren me salvar, mas ela se limitou a ficar parada

ali, olhando. Quando ele tocou meu pescoço com os lábios, pensei que iria me matar.

Ela parou. Stefan a fitava com pavor e compaixão, e ela lhe sorriu de um jeito reconfortante.

— Afinal, não foi tão terrível. Senti um pouco de dor no início, mas isto rapidamente cessou. E depois a sensação era de fato agradável. Quando ele me deu o próprio sangue para beber, me senti forte pela primeira vez em meses. E depois esperamos juntos pelo amanhecer. Quando o médico veio, nem acreditou que eu era capaz de me sentar e falar. Papai disse que era um milagre e chorou de novo, de felicidade. — Seu rosto se toldou. — Terei de deixar meu pai em breve. Um dia ele perceberá que, desde aquela doença, eu não fiquei nem uma hora mais velha.

— E jamais ficará?

— Não. Este é o assombro nisso, Stefan! — Ela o olhou com uma alegria infantil. — Eu serei jovem para sempre e nunca morrerei! Pode imaginar?

Ele não podia imaginar de outra forma além de como Katherine era agora: linda, inocente, perfeita.

— Mas... no início você não achou assustador?

— No início, um pouco. Mas Gudren me mostrou o que fazer. Foi ela quem me disse para mandar fazer este anel, com uma pedra que me protegeria do sol. Enquanto eu estava deitada na cama, ela me trouxe bebidas densas e quentes. Mais tarde, ela levava pequenos animais que seu filho caçava.

— E... gente? Não?

Stefan ouviu seu riso.

— É claro que não. Posso ter tudo o que preciso com uma pomba. Gudren disse que se eu desejar ser poderosa, devo tomar sangue humano, pois a essência vital dos humanos é mais forte. E Klaus costumava insistir nisto também; queria trocar sangue mais uma vez. Mas eu disse a Gudren que não queria poder. E quanto a Klaus... — Ela parou e baixou a cabeça, tanto que os cílios pousaram na bochecha. — Não acho que isto é coisa que se faça levianamente. Beberei sangue humano apenas quando tiver encontrado meu companheiro, aquele que ficará a meu lado por toda a eternidade. — Ela o olhou gravemente.

Stefan sorriu para Katherine, sentindo-se tonto e ardendo de orgulho. Ele mal conseguia conter a felicidade que sentia naquele momento.

Na cama, no quarto de teto baixo, Stefan gemeu. Depois a escuridão o atraiu mais profundamente e novas imagens começaram a palpitar por sua mente.

Eram vislumbres difusos do passado que não formavam uma sequência interligada. Ele os viu como cenas, brevemente iluminadas por clarões de um raio. O rosto do irmão, retorcido numa máscara de fúria inumana. Os olhos azuis de Katherine cintilando e dançando enquanto ela dava piruetas com o novo vestido branco. O brilho de branco atrás de um limoeiro. A sensação de uma espada em sua mão; a voz de Giuseppe gritando de longe. O limoeiro. Ele não devia ir para trás do limoeiro. Ele viu o rosto de Damon novamente, mas desta vez o irmão ria de se acabar. Ria sem parar, um som como o tilintar de vidro quebrado. E o limoeiro agora estava mais perto...

— Damon... Katherine... *Não!*

Stefan se sentou ereto na cama.

Passou as mãos trêmulas pelo cabelo e controlou a respiração.

Um sonho terrível. Fazia muito tempo que ele não era torturado por sonhos como aquele; muito tempo, uma vez que ele não sonhava. Os últimos segundos foram repassados em sua mente e ele viu mais uma vez o limoeiro e ouviu de novo o riso do irmão.

Ecoava em sua mente com uma clareza quase *exagerada*. De repente, sem estar ciente de uma decisão consciente de se mover, Stefan se viu na janela aberta. O ar da noite era frio em seu rosto enquanto ele olhava a escuridão prateada.

— *Damon?* — Uma onda de Poder acompanhou a indagação. Depois caiu numa quietude absoluta, escutando com todos os sentidos.

Não sentiu nada, nenhuma ondulação como resposta. Perto dali, duas aves noturnas alçaram voo ao céu. Na cidade, muitas mentes dormiam; no bosque, animais noturnos vagavam para sua vida secreta.

Ele suspirou e voltou para dentro do quarto. Talvez estivesse enganado sobre o riso; talvez estivesse enganado sobre a ameaça no cemitério. Fell's Church estava tranquila, pacífica e ele deveria entrar naquela sintonia. Ele precisava dormir.

5 de setembro (na verdade início de 6 de setembro
— cerca de 1h)

Querido Diário,
Eu devia voltar para a cama logo. Acordei faz poucos minutos pensando que alguém estava gritando,

mas agora a casa está em silêncio. Tantas coisas estranhas aconteceram hoje que acho que meus nervos estão em frangalhos.

Pelo menos acordei sabendo exatamente o que ia fazer com relação a Stefan. A coisa toda simplesmente brotou em minha cabeça. O Plano B, Fase Um, começa amanhã.

Os olhos de Frances estavam em brasa e as bochechas coradas enquanto ela se aproximava das três meninas na mesa.

— Ah, Elena, você tem que ouvir isso!

Elena sorriu para ela, educada mas não íntima demais. Frances baixou a cabeça castanha.

— Quer dizer... Posso me sentar aqui? Acabei de ouvir a história mais bizarra sobre Stefan Salvatore.

— Sente-se — disse Elena graciosamente. — Mas — acrescentou ela, passando manteiga num pãozinho —, não estamos muito interessadas na novidade.

— Vocês...? — começou Frances. Ela olhou para Meredith, depois para Bonnie. — Estão brincando, né?

— De jeito nenhum. — Meredith meteu o garfo numa vagem e olhou pensativamente para ela. — Hoje temos outras coisas em mente.

— Exatamente — disse Bonnie depois de um começo súbito. — Stefan já é história, sabe como é. *Passé.* — Ela se curvou e esfregou o tornozelo.

Frances olhou suplicante para Elena.

— Mas pensei que você quisesse saber tudo sobre ele.

— Curiosidade — disse Elena. — Afinal, ele é um visitante e eu queria lhe dar as boas-vindas a Fell's Church. Mas é claro que tenho de ser fiel a Jean-Claude.

— Jean-Claude?

— Jean-Claude — disse Meredith, erguendo as sobrancelhas e suspirando.

— Jean-Claude — Bonnie fez eco com disposição.

Delicadamente, com o polegar e o indicador, Elena pegou uma foto na mochila.

— Aqui está ele na frente do chalé onde ficamos. Logo depois ele me trouxe uma flor e disse... Bom — ela sorriu misteriosamente —, eu não devia repetir!

Frances encarava a foto. Mostrava um jovem bronzeado, sem camisa, parado na frente de um arbusto de hibisco e sorrindo timidamente.

— Ele é mais velho, não é? — disse ela com respeito.

— Vinte e um. É claro — Elena olhou por sobre o ombro — que minha tia jamais aprovaria, então vamos guardar segredo dela até a formatura. Nós temos trocado correspondência escondido.

— Mas que romântico — Frances suspirou. — Eu nunca vou falar nada, prometo. Mas sobre Stefan...

Elena lhe abriu um sorriso superior.

— Se é — ela disse — para ter um prato europeu, prefiro francês a italiano, sempre. — Ela se virou para Meredith. — Não é verdade?

— Han. Sempre. — Meredith e Elena sorriram com malícia, depois se viraram para Frances. — Não concorda?

— Ah, sim — disse Frances apressadamente. — Eu também. Sempre. — Ela sorriu maliciosamente para si mesma e assentiu várias vezes enquanto se levantava e partia.

Quando ela se foi, Bonnie disse desconsolada:

— Isso vai me matar. Elena, eu vou morrer se não ouvir a fofoca.

— Ah, isso? Eu posso lhe contar — respondeu Elena calmamente. — Ela ia dizer que há um boato por aí de que Stefan Salvatore é drogado.

— É *o quê*? — começou Bonnie, depois deu uma gargalhada. — Mas isso é ridículo. Que drogado no mundo se vestiria daquele jeito e usaria óculos escuros? Quer dizer, ele faz o que pode para chamar a atenção... — Sua voz falhou e os olhos castanhos se arregalaram. — Mas pode ser mesmo *por isso* que ele age assim. Quem ia desconfiar de alguém tão óbvio? E ele mora sozinho, é cheio de segredos... Elena! E se for verdade?

— Não é — disse Meredith.

— Como sabe disso?

— Porque fui eu que comecei a espalhar o boato. — Ao ver a expressão de Bonnie, ela sorriu e acrescentou: — Elena me disse para fazer isso.

— Aaaahhhh. — Bonnie olhou com admiração para Elena. — Você é má. Posso dizer às pessoas que ele tem uma doença terminal?

— Não, não pode. Não quero nenhum tipinho Florence Nightingale fazendo fila para segurar a mão dele. Mas pode dizer às pessoas o que quiser sobre Jean-Claude.

Bonnie pegou a foto.

— Quem era ele mesmo?

— O jardineiro. Ele adorava esses hibiscos. Também era casado, com dois filhos.

— Que pena — disse Bonnie com sinceridade. — E você disse a Frances para não contar a ninguém sobre ele...

— É verdade. — Elena olhou o relógio. — O que significa que lá pelas, ah, duas horas a escola toda já vai saber.

Depois da aula, as meninas seguiram para a casa de Bonnie. Foram recebidas na porta da frente por um latido estridente, e quando Bonnie abriu a porta, um pequinês muito velho e muito gordo tentou escapar. O nome dele era Yangtze, e era tão mimado que ninguém, a não ser a mãe de Bonnie, o suportava. Ele mordeu o tornozelo de Elena quando ela passou.

A sala era escura e abarrotada com um monte de móveis exagerados e cortinas pesadas nas janelas. A irmã de Bonnie, Mary, estava lá, tirando uma touca de seu cabelo ruivo ondulado. Ela era só dois anos mais velha do que Bonnie e trabalhava na clínica de Fell's Church.

— Ah, Bonnie — disse ela. — Ainda bem que voltou. Oi, Elena, oi, Meredith.

Elena e Meredith disseram "oi".

— O que foi? Você parece cansada — disse Bonnie.

Mary largou a touca na mesa de centro. Em vez de responder, ela fez uma pergunta.

— Ontem à noite, quando você chegou em casa muito perturbada, onde disse que tinham ido mesmo?

— Lá pela... Lá pela ponte Wickery.

— Foi o que pensei. — Mary respirou fundo. — Agora escute aqui, Bonnie McCullough. Você *jamais* vá até lá de novo, especialmente sozinha e à noite. Entendeu bem?

— E por que não? — perguntou Bonnie, confusa.

— Porque ontem à noite alguém foi atacado ali, é por isso. E você sabe onde encontraram o sujeito? *Bem na margem, debaixo da ponte Wickery.*

Elena e Meredith a fitaram, incrédulas, e Bonnie segurou o braço de Elena.

— Alguém foi atacado debaixo da ponte? Mas quem foi? O que aconteceu?

— Não sei. Hoje de manhã um dos funcionários do cemitério o viu deitado ali. Acho que era um sem-teto e provavelmente dormia debaixo da ponte quando foi atacado. Mas ele estava semimorto quando o levaram à clínica e ainda não recuperou a consciência. Ele pode morrer.

Elena engoliu em seco.

— Como assim, atacado?

— Quero dizer — falou Mary distintamente — que a garganta dele quase foi decepada. Ele perdeu uma quantidade incrível de sangue. No início pensaram que podia ser um animal, mas agora o Dr. Lowen disse que foi uma pessoa. E a polícia acha que quem quer que tenha feito isso, está escondido no cemitério. — Mary olhou para cada uma delas, a boca numa linha reta. — Então, se vocês *estiveram* perto da ponte... ou no cemitério, Elena Gilbert... Essa pessoa podia estar ali com vocês. Entenderam?

— Não precisa mais nos assustar — respondeu Bonnie com a voz fraca. — Já entendemos, Mary.

— Muito bem. Ótimo. — Os ombros de Mary arriaram e, cansada, ela esfregou a nuca. — Vou ter que me deitar um tempinho. Eu não pretendia ser tão ranzinza. — Ela saiu da sala.

Sozinhas, as três meninas se olharam.

— Podia ter sido uma de nós — disse Meredith baixinho. — Especialmente você, Elena; você foi para lá sozinha.

A pele de Elena formigava, o mesmo alerta doloroso que sentira no antigo cemitério. Ela podia sentir o arrepio do vento e ver as fileiras de lápides ao seu redor. O sol e a Robert E. Lee nunca pareceram tão distantes.

— Bonnie — disse ela lentamente —, você viu alguém ali? Foi o que quis dizer quando disse que alguém esperava por mim?

Na sala escura, Bonnie olhou sem entender para Elena.

— Do que você está falando? Eu não disse isso.

— Disse, sim.

— Não disse, não. Eu nunca disse isso.

— Bonnie — disse Meredith —, nós duas ouvimos. Você encarava os túmulos antigos e depois disse a Elena...

— Não sei do que estão falando, e eu não disse *nada*. — A cara de Bonnie estava franzida de raiva, mas havia lágrimas em seus olhos. — Não quero mais falar nisso.

Elena e Meredith se olharam, desamparadas. Do lado de fora, o sol se escondeu por trás de uma nuvem.

6

26 de setembro

Querido Diário,
Desculpe por não escrever há tanto tempo, e eu nem consigo realmente explicar o motivo disso — a não ser que há coisas demais de que tenho medo de falar, mesmo a você.

Primeiro, aconteceu uma coisa terrível. No dia em que Bonnie, Meredith e eu estávamos no cemitério, um velho foi atacado lá e quase morreu. A polícia ainda não encontrou quem fez isso. As pessoas acham que o velho estava delirando, porque quando ele acordou, começou a tagarelar sobre "olhos no escuro", carvalhos e essas coisas. Mas eu me lembro do que aconteceu com a gente naquela noite e isso me dá o que pensar. Isso me dá medo.

Todo mundo ficou com medo por um tempo e todas as crianças tiveram de ficar dentro de casa depois de escurecer, ou sair em grupos. Mas agora já faz umas três semanas e não houve mais ataques, então o frisson está passando. Tia Judith diz que deve ter sido outro vagabundo que fez isso. O pai de Tyler Smallwood até sugeriu que o velho podia ter feito isso consigo mesmo — mas eu bem que queria ver alguém morder a si mesmo no pescoço.

Mas estive ocupada principalmente com o Plano B. Até agora, tudo tem dado certo. Recebi várias cartas e um buquê de rosas vermelhas de "Jean-Claude" (o tio de Meredith é florista) e todo mundo parece ter se esquecido de que eu um dia estive interessada em Stefan. Então minha posição social está segura. Nem Caroline tem me causado problemas.

Na verdade, eu não sei o que Caroline anda fazendo ultimamente e não ligo. Nunca a vejo no almoço ou depois da aula; ela parece ter se afastado completamente de sua antiga turma.

Só há uma coisa com que me importo agora: Stefan. Nem Bonnie e Meredith percebem como ele é importante para mim. Tenho medo de contar a elas; tenho medo de que elas pensem que perdi o juízo. Na escola, eu uso uma máscara de calma e controle, mas por dentro — bom, a cada dia fica pior.

Tia Judith começou a se preocupar comigo. Diz que eu não ando comendo bem ultimamente, e ela tem razão. Não consigo me concentrar nas aulas, nem em nada divertido, como levantar fundos para a Casa Mal-Assombrada: não consigo me concentrar em nada, só nele. E nem entendo o porquê.

Ele não falou comigo desde aquela tarde horrível. Mas vou te contar uma coisa estranha. Na semana passada, na aula de história, eu levantei a cabeça e o peguei olhando para mim. Estávamos sentados a algumas carteiras de distância e ele estava totalmente virado de lado na mesa, só olhando. Por um momento eu fiquei quase assustada e meu coração começou a martelar, e nós só nos olhamos — depois ele virou a cara. Mas, desde então, isso aconteceu outras duas vezes, e a cada vez sinto seus olhos em mim antes de vê-los. Esta é a pura verdade. Sei que não é minha imaginação.

Ele não é como nenhum garoto que eu tenha conhecido.

Ele parece tão isolado, tão solitário. Mas é por opção. Ele faz muito sucesso no time de futebol americano, mas não anda com nenhum dos caras, a não ser, talvez, Matt. Matt é o único com quem ele conversa. Ele não anda com nenhuma menina também; isso eu posso ver, então talvez o boato de ser viciado esteja fazendo algum bem. Mais parece que ele está evitando as pessoas, e não que elas o evitam. Ele desaparece entre as aulas e depois do treino de futebol, e eu nunca o vi nem uma vez no refeitório. Ele nunca convidou ninguém para conhecer seu quarto na pensão. Ele nunca vai à lanchonete depois da aula.

Então, como eu posso pegá-lo num lugar onde ele não possa fugir de mim? Este é o verdadeiro problema com o Plano B. Bonnie diz: "Por que não fica presa numa tempestade com ele, assim você tem de se aninhar para conservar o calor do corpo?" E Meredith sugeriu que meu carro podia quebrar na frente da pensão. Mas nenhuma das duas ideias é prática, e eu vou perder a cabeça tentando bolar alguma coisa melhor.

A cada dia fica pior para mim. Sinto como se eu fosse um relógio ou coisa assim, com a corda cada vez mais apertada. Se eu não descobrir logo o que fazer, eu vou...

Eu ia dizer "morrer".

A solução lhe ocorreu de uma forma muito simples e repentina.

Ela se lamentava por Matt; sabia que ele ficara magoado com o boato sobre Jean-Claude. Ele mal falava com ela desde que a história tinha sido espalhada, em geral passando por Elena e acenando rapidamente. E quando ela esbarrou com ele um dia num corredor vazio perto da sala de redação criativa, ele nem a olhou nos olhos.

— Matt... — ela começou. Ela queria lhe dizer que não era verdade, que ela nunca começaria a ver outro menino sem contar a ele primeiro. Ela queria dizer que nunca tivera a intenção de magoá-lo e que agora se sentia péssima. Mas ela não sabia como começar. Por fim, ela só soltou: — Desculpe! — e se virou para entrar em aula.

— Elena — disse Matt, e ela se virou. Ele agora pelo menos a olhava, o olhar demorando-se em seus lábios, em seu cabelo. Depois ele sacudiu a cabeça como se dissesse que haviam pregado uma peça nele. — Esse cara francês é pra valer? — perguntou ele por fim.

— Não — disse Elena de pronto e sem hesitação. — Eu inventei — acrescentou ela simplesmente — para mostrar a todos que não estou aborrecida com... — Ela parou de falar.

— Com Stefan. Entendi. — Matt assentiu, parecendo ao mesmo tempo sombrio, mas um pouco mais compreensivo. — Olha, Elena, aquilo *foi mesmo* muito desagradável da parte dele. Mas não acho que tenha sido pessoal. Ele é assim com todo mundo...

— Menos com você.

— Não. Ele fala comigo, às vezes, mas nunca sobre algo pessoal. Ele nunca diz nada sobre a família dele ou o que faz fora da escola. É como se... como se houvesse um muro em volta dele que eu não consigo transpor. Não acho que ele vá deixar que alguém derrube o muro. O que é uma pena, porque acho que, por trás, ele é infeliz.

Elena pensou nisso, fascinada com uma visão de Stefan que ela jamais considerara. Ele sempre parecia tão controlado, tão calmo e imperturbável. Mas Elena sabia que ela própria dava a mesma impressão para os outros. Seria possível que por baixo ele fosse tão confuso e infeliz quanto ela?

Foi quando surgiu a ideia, e era ridícula de tão simples. Sem esquemas complicados, sem tempestades ou carros quebrando.

— Matt — disse ela devagar —, você não acha que seria bom se alguém conseguisse passar pelo muro? Quer dizer, bom para Stefan? Não acha que seria a melhor coisa que poderia acontecer com ele? — Ela o olhou atentamente, querendo que ele entendesse.

Ele a fitou por um instante, depois fechou os olhos brevemente e sacudiu a cabeça, incrédulo.

— Elena — disse ele —, você é inacreditável. Você torce as pessoas nos seus dedinhos e não acho que saiba o que está fazendo. E agora vai me pedir para fazer alguma coisa para ajudá-la a armar uma emboscada para Stefan, e eu sou um idiota porque posso concordar com isso.

— Você não é idiota, é um cavalheiro. E eu quero lhe pedir um favor, mas só se você achar que está tudo bem. Não quero magoar Stefan e não quero magoar você.

— Não quer?

— *Não*. Sei a impressão que dá, mas é verdade. Eu só quero... — Ela se interrompeu de novo. Como poderia explicar o que queria quando nem ela mesma entendia?

— Você só quer tudo e todos girando em torno de Elena Gilbert — disse ele com amargura. — Você só quer aquilo que não tem.

Chocada, ela recuou e olhou para ele. Sentiu um nó na garganta e o calor atingiu seus olhos.

— Não — disse ele. — Elena, não fique assim. Desculpe. — Ele suspirou. — Tudo bem, o que eu devo fazer? Amarrar o cara e largá-lo na sua porta?

— Não — disse Elena, ainda tentando fazer com que as lágrimas voltassem a seu lugar de origem. — Eu só queria que você o convencesse a ir ao Baile de Reencontro na semana que vem.

A expressão de Matt era indefinida.

— Você só quer que ele esteja no baile.

Elena assentiu.

— Tudo bem. Sei que ele vai. E Elena... eu não quero levar ninguém, só você.

— Tudo bem — disse Elena depois de um momento. — E... bom... obrigada.

A expressão de Matt ainda era peculiar.

— Não agradeça a mim, Elena. Não é nada... De verdade. — Ela ainda estava confusa com isso quando ele se virou e andou pelo corredor.

— Fique parada — disse Meredith, torcendo o cabelo de Elena em sinal de reprovação.

— Eu ainda acho — disse Bonnie do assento acolchoado da janela — que eles foram maravilhosos.

— Quem? — murmurou Elena, distraída.

— Como se você não soubesse — disse Bonnie. — Seus dois "caras", que fizeram o milagre de última hora no jogo de ontem. Quando Stefan pegou aquele último passe, achei que eu ia desmaiar. Ou vomitar.

— Ah, *francamente* — disse Meredith.

— E Matt... Esse garoto é simplesmente poesia em movimento...

— E nenhum dos dois é meu — disse Elena categoricamente. Por baixo dos dedos habilidosos de Meredith, seu cabelo virava uma obra de arte, uma massa macia de ouro trançado. E o vestido era perfeito; um tom claro de violeta que destacava a cor de seus olhos. Mas até para si mesma ela parecia pálida e inflexível, não suavemente corada de excitação, mas branca e decidida, como um soldado muito jovem sendo mandado para a frente de batalha.

De pé no campo de futebol ontem, quando seu nome foi anunciado como a Rainha do Baile, ela só teve um pensamento. Ele *não podia* se recusar a dançar com ela. Se ele chegasse a dançar, ele não podia rejeitar a Rainha do Baile. E agora, de pé diante do espelho, ela repetiu isso a si mesma.

— Hoje à noite você terá quem quiser — dizia Bonnie com suavidade. — E olha aqui, quando você se livrar do Matt, posso ficar com ele para lhe dar algum conforto?

Meredith bufou.

— O que o Raymond vai pensar disso?

— Ah, *você* pode consolar o *Raymond*. Mas é sério, Elena, eu gosto do Matt. E depois que você conseguir o Stefan, seu triângulo vai ficar meio apertado. Então...

— Ah, faça o que quiser. Matt merece alguma consideração.

— E sem dúvida não vai conseguir isso comigo, pensou Elena. Ela ainda não acreditava exatamente no que estava fazendo com ele. Mas agora ela não podia ruminar sua autocrítica; precisava de todas as suas forças e sua concentração.

— Pronto. — Meredith pôs o último grampo no cabelo de Elena. — Agora olhe para nós, a Rainha do Baile e sua corte... Ou parte dela, de qualquer forma. Nós estamos lindas.

— Este "nós" é só porque você é da realeza? — Elena disse isso de brincadeira, mas era verdade. Elas *estavam mesmo* lindas. O vestido de Meredith era um puro arrebatamento de cetim vinho, apertado na cintura e caindo em pregas dos quadris. Seu cabelo escuro pendia solto nas costas. E Bonnie, de pé junto das outras diante do espelho, parecia um brinde de festa cintilante de tafetá rosa e lantejoulas pretas.

Quanto a si mesma... Elena olhou a imagem com um olho experiente e pensou de novo: O vestido é perfeito. A única outra frase que lhe veio à mente foi *violetas cristalizadas*. Sua avó guardava um vidrinho delas, flores de verdade mergulhadas em açúcar cristalizado e congelado.

Elas desceram a escada juntas, como faziam em todo baile desde o sétimo ano — só que, antes, Caroline sempre estava com elas. Elena percebeu com pouca admiração que ela nem sabia com quem Caroline ia esta noite.

Tia Judith e Robert — em breve tio Robert — estavam na sala, junto com Margaret, de pijama.

— Ah, vocês estão lindas, meninas — disse tia Judith, tão palpitante e animada que parecia que ela mesma ia ao baile. Ela deu um beijo em Elena e Margaret estendeu os braços para um abraço.

— Você tá bonita — disse ela com a simplicidade de uma menina de 4 anos.

Robert também olhava para Elena. Ele piscou, abriu a boca e a fechou de novo.

— Qual é o problema, Bob?

— Ah. — Ele olhou para tia Judith, parecendo constrangido. — Bom, na verdade, acaba de me ocorrer que Elena é uma variação do nome Helena. E por algum motivo eu estava pensando em Helena de Troia.

— Linda e condenada — disse Bonnie alegremente.

— Bom, sim — disse Robert, sem parecer nada animado.

Elena não disse nada.

A campainha tocou. Matt estava na escada, com seu paletó esporte azul de sempre. Com ele, estavam Ed Goff, parceiro de Meredith, e Raymond Hernandez, acompanhante de Bonnie. Elena procurou por Stefan.

— Ele já deve estar lá — disse Matt, interpretando o olhar de Elena. — Olha, Elena...

Mas o que quer que ele tivesse a dizer foi interrompido pela tagarelice dos outros casais. Bonnie e Raymond foram no carro de Matt, e mantiveram um fluxo constante de gracinhas em todo o caminho até a escola.

A música se derramava pela porta aberta do auditório. Enquanto saía do carro, Elena foi tomada de uma certeza curiosa. Alguma coisa ia acontecer, percebeu ela, olhando o volume quadrado do prédio da escola. A marcha lenta e tranquila das últimas semanas estava prestes a se acelerar.

Estou pronta, pensou ela. E esperou que fosse verdade.

Dentro do prédio, havia um caleidoscópio de cores e atividade. Ela e Matt foram cercados no momento em que entraram e choveram elogios para os dois. O vestido de Elena... O cabelo dela... As flores. Matt era uma lenda em evolução: outro Joe Montana, uma aposta certa para uma bolsa por atletismo.

No turbilhão deslumbrante que devia ser a vida para ela, Elena continuava procurando uma cabeça escura.

Tyler Smallwood bafejava perto dela, cheirando a ponche, desodorante Brut e chiclete de menta. Sua acompanhante tinha um olhar homicida. Elena o ignorou na esperança de que ele fosse embora.

O Sr. Tanner passou por ela com um copo de papel ensopado, dando a impressão de que a gola o estrangulava. Sue Carson, a outra princesa do baile, apareceu rapidamente e arrulhou sobre o vestido violeta. Bonnie já estava na pista de dança, bruxuleando sob as luzes. Mas Elena não via Stefan em lugar algum.

Mais um bafo de menta e ela ia vomitar. Ela cutucou Matt e eles escaparam para a mesa de refrigerantes, onde o treinador Lyman fazia uma crítica do jogo. Casais e grupos se aproximaram deles, passando alguns minutos e depois se retirando para dar espaço aos seguintes na fila. Exatamente como se nós *fôssemos* da realeza, pensou Elena impetuosamente. Ela olhou de lado para ver se Matt aparentava estar se divertindo também, mas ele olhava fixamente para a esquerda.

Ela seguiu o olhar de Matt. E ali, meio escondida atrás de um grupo de jogadores de futebol, estava a cabeça escura que ela procurara tanto. Inconfundível, mesmo na luz fraca. Um arrepio a tomou, mais de dor do que de qualquer outra coisa.

— E agora? — disse Matt, o queixo trincado. — Amarrar o cara?

— Não. Vou convidá-lo para dançar, só isso. Vou esperar até que tenhamos dançado primeiro, se você quiser.

Ele sacudiu a cabeça e ela partiu na direção de Stefan, passando pela multidão.

Gradualmente, Elena registrou informações sobre ele enquanto se aproximava. Seu blazer preto era de um corte sutilmente diferente do que vestiam os outros meninos, mais elegante, e ele usava um suéter de cashmere branco por baixo. Ele estava imóvel, sereno, meio separado dos grupos em volta dele. E, embora só conseguisse vê-lo de perfil, Elena sabia que ele não estava de óculos.

É claro que ele os tirava para jogar futebol, mas ela nunca o vira de perto sem eles. Isso a deixou aturdida e animada, como se fosse um baile de máscaras e tivesse chegado a hora de tirar o disfarce. Ela se concentrou no ombro dele, na linha de seu queixo, e depois ele estava se virando para ela.

Nesse instante, Elena teve consciência de que ela era bonita. Não era só o vestido, ou como o cabelo fora penteado. Ela era bonita por si mesma: magra, soberana, ao mesmo tempo suave e ardente. Ela viu os lábios de Stefan se abrirem um pouco, por reflexo, e olhou nos olhos dele.

— Oi. — Esta era sua voz, tão baixa e autoconfiante? Os olhos dele eram verdes. Verdes como as folhas de carvalho no verão. — Está se divertindo? — ela perguntou.

Eu agora estou. Ele não disse isso, mas ela sabia que era o que estava pensando; Elena podia perceber pelo modo como ele a olhava. Ela nunca teve tanta certeza de seu poder. Só que na verdade ele não dava a impressão de estar se divertindo; parecia ferido, sentindo dor, como se não pudesse suportar nem um minuto daquilo.

A banda começou uma música lenta. Ele ainda a fitava, bebendo-a. Aqueles olhos verdes escureceram de desejo. Ela teve a sensação súbita de que ele podia puxá-la repentinamente e beijá-la com força, sem dizer uma só palavra.

— Quer dançar? — disse ela suavemente. Estou brincando com fogo, com algo que não entendo, pensou ela de repente. E nesse instante ela percebeu que tinha medo. O coração começou a martelar violentamente. Era como se aqueles olhos verdes falassem a uma parte dela que estava imersa no fundo, sob a superfície — e essa parte lhe gritasse "perigo". Um instinto mais antigo do que a civilização lhe dizia para fugir, para correr dali.

Ela não se mexeu. A mesma força que a apavorava a mantinha presa naquele lugar. Isto está fora de controle, pensou ela de repente. O que quer que estivesse acontecendo, estava além de sua compreensão, não era nada normal nem sadio. Mas agora não havia como parar, e mesmo com medo ela se divertia. Era o momento mais intenso que já tivera com um menino, mas não estava acontecendo absolutamente nada. Ele só a olhava, como que hipnotizado, e ela retribuía o olhar, enquanto a energia tremeluzia entre eles, faiscando. Ela viu os olhos dele escurecerem, derrotados, e sentiu o salto desvairado de seu próprio coração enquanto ele estendia lentamente uma das mãos.

E depois tudo se espatifou.

— Ora, Elena, você está tão *encantadora* — disse uma voz, e a visão de Elena foi ofuscada por ouro. Era Caroline, o cabelo ruivo volumoso e brilhante, a pele num bronzeado perfeito. Usava um vestido de lamê dourado que revelava uma quantidade incrivelmente ousada de pele perfeita. Ela deslizou o braço despido no de Stefan e sorriu demoradamente para ele. Eles estavam impressionantes juntos, como um casal de modelos internacionais fazendo uma visita rápida no baile do colégio, muito mais glamourosos e sofisticados do que qualquer outra pessoa no salão. — E esse vestidinho é tão *lindinho* — continuou Caroline, enquanto a mente de Elena operava no automático. Aquele braço despreocupadamente possessivo unido ao de Stefan lhe dizia tudo: onde Caroline estivera na hora do almoço nas últimas semanas, o que ela aprontara esse tempo todo. — Eu disse a Stefan que nós simplesmente tínhamos de passar por aqui um minutinho, mas não vamos ficar muito tempo. Então você não se importa se eu quiser que ele dance só comigo, não é?

Elena agora estava estranhamente calma, sua mente zumbindo, indistinta. Ela disse que não, é claro que não se importava, e viu Caroline se afastar, uma sinfonia em ruivo e ouro. Stefan foi com ela.

Havia um círculo de rostos em volta de Elena; ela se afastou deles e deu com Matt.

— Você sabia que ele viria com ela.

— Eu sabia que ela queria que ele viesse. Ela o esteve seguindo na hora do almoço e depois da aula, e meio que se jogando pra cima dele. Mas...

— Sei. — Ainda naquela calma estranha e artificial, ela olhou a multidão e viu Bonnie vindo na direção dela, além de Meredith saindo de sua mesa. Então elas viram. Provavelmente todo mundo viu. Sem dizer nada a Matt, ela se afastou, andando por instinto para o toalete das mulheres.

Estava abarrotado, e Meredith e Bonnie faziam observações animadas e fortuitas enquanto olhavam para ela com preocupação.

— Viu aquele vestido? — disse Bonnie, apertando os dedos de Elena secretamente. — A frente deve ser grudada com uma cola bem forte. E o que ela vai usar no próximo baile? Celofane?

— Lenço de papel — disse Meredith. Ela acrescentou em voz baixa: — Você está bem?

— Estou. — Elena podia ver no espelho que os olhos estavam brilhantes demais e que havia uma mancha de cor ardendo em cada bochecha. Ela ajeitou o cabelo e se virou.

O banheiro se esvaziou, dando-lhes privacidade. Bonnie mexia nervosamente no laço de lantejoulas na cintura.

— Talvez não seja uma coisa ruim, afinal — disse ela em voz baixa. — Quer dizer, há semanas que você não pensa em nada, só nele. Quase um mês. E então talvez seja melhor assim. De repente, agora, você consiga passar a outras coisas, em vez de... Bom, perseguir o cara.

Et tu, Brute?, pensou Elena.

— Muito obrigada por seu apoio — disse ela em voz alta.

— Ora essa, Elena, não fique assim — intrometeu-se Meredith. — Ela não está querendo magoar você, ela só acha...

— E eu imagino que você ache também, né? Bom, está tudo bem. Vou sair e descobrir outras coisas em que me ocupar. Tipo outras grandes amigas. — Ela as deixou encarando suas costas.

Fora do banheiro, Elena se atirou no turbilhão de cores e música. Foi mais animada do que nunca em qualquer dança.

Ela dançou com todos, rindo alto demais, paquerando cada menino que aparecia em seu caminho.

Ela foi chamada para ser coroada. Subiu ao palco, olhando as figuras exibindo cores e brilhos embaixo. Alguém lhe deu flores; alguém pôs uma tiara de strass em sua cabeça. Houve aplausos. Tudo passou como que num sonho.

Ela deu mole para Tyler porque ele estava mais perto quando ela desceu do palco. Depois se lembrou do que ele e Dick fizeram com Stefan e tirou uma das rosas do buquê, dando a ele. Matt olhava da lateral, os lábios tensos. A acompanhante esquecida de Tyler estava quase em prantos.

Ela podia sentir cheiro de álcool e menta no hálito de Tyler, e a cara dele estava vermelha. Os amigos de Tyler estavam em volta dela, uma turma barulhenta e risonha, e ela viu Dick servir alguma coisa de um saco de papel pardo em seu copo de ponche.

Ela nunca ficara com esse grupo antes. Eles a acolheram, a admiraram, os meninos competindo por sua atenção. Piadas voavam de um lado para outro e Elena riu, mesmo quando não faziam sentido nenhum. O braço de Tyler envolveu sua cintura e ela riu ainda mais. Pelo canto do olho, ela viu Matt sacudir a cabeça e se afastar. As meninas estavam ficando estridentes, os meninos turbulentos. Tyler aninhava a boca molhada em seu pescoço.

— Tive uma ideia — anunciou ele ao grupo, abraçando Elena com mais força. — Vamos para um lugar mais divertido.

Alguém gritou: "Tipo o que, Tyler? A casa de seu pai?"

Tyler sorria de forma exagerada, bêbado e despreocupado.

— Não, eu quis dizer um lugar onde possamos deixar nossa marca. Tipo o cemitério.

As meninas gritaram. Os meninos se deram cotoveladas e socos fingidos.

A acompanhante de Tyler estava fora da roda.

— Tyler, isso é loucura — disse ela, a voz aguda e fina. — Você sabe o que aconteceu com o velho. Eu não quero ir lá.

— Ótimo, então você fica aqui. — Tyler pegou a chave no bolso e a girou para o resto da turma. — Quem *não está* com medo? — disse ele.

— Ei, eu estou nessa — disse Dick, e houve um coro de aprovação.

— Eu também — disse Elena, clara e desafiadora. Ela sorriu para Tyler e ele praticamente a girou no ar.

E depois ela e Tyler estavam liderando um grupo ruidoso e destrambelhado para o estacionamento, onde eles se empilharam nos carros. Em seguida Tyler baixava o teto do conversível e ela entrava, com Dick e uma menina chamada Vickie Bennett espremendo-se no banco traseiro.

— Elena! — gritou alguém, longe, da porta iluminada da escola.

— Dirija — disse ela a Tyler, tirando a tiara quando o motor rugiu. Eles queimaram pneu no estacionamento e o vento frio da noite soprou no rosto de Elena.

7

Bonnie estava na pista, de olhos fechados, deixando que a música fluísse por seu corpo. Quando abriu os olhos por um instante, Meredith acenava da lateral. Bonnie empinou o queixo com rebeldia, mas quando os gestos ficaram mais insistentes ela revirou os olhos para Raymond e obedeceu. Raymond a seguiu.

Matt e Ed estavam atrás de Meredith. Matt estava de cara amarrada. Ed parecia pouco à vontade.

— Elena acabou de sair — disse Meredith.

— Este é um país livre — disse Bonnie.

— Ela foi com Tyler Smallwood — disse Meredith. — Matt, tem certeza de que não ouviu para onde eles foram?

Matt sacudiu a cabeça.

— Eu diria que ela merece o que quer que aconteça... Mas é minha culpa também, de certo modo — disse ele com tristeza.
— Acho que temos de ir atrás dela.
— E deixar o *baile*? — disse Bonnie. Ela olhou para Meredith, que murmurou as palavras *você prometeu*. — Não acredito nisso — cochichou ela com raiva.
— Não sei como vamos encontrá-la — disse Meredith —, mas vamos ter que tentar. — Depois acrescentou, numa voz estranhamente hesitante: — Bonnie, *você* por acaso sabe onde ela está?
— Como é? Não, claro que não; eu estava dançando. Já ouviu falar disso, não é? O que é que se faz num baile?
— Você e Ray ficam aqui — disse Matt a Ed. — Se ela voltar, diga que a estamos procurando.
— E se vamos sair, é melhor que seja agora — acrescentou Bonnie com descortesia. Ela se virou e prontamente esbarrou num blazer escuro.
— Bom, com *licença* — disse ela, levantando a cabeça e vendo Stefan Salvatore. Ele nada disse enquanto ela, Meredith e Matt iam para a porta, deixando para trás um Raymond e um Ed que pareciam infelizes.

As estrelas estavam distantes e tinham um brilho gelado no céu sem nuvens. Elena se sentia da mesma maneira. Parte dela ria e gritava com Dick, Vickie e Tyler por sobre o rugido do vento, mas outra parte observava de longe.
Tyler estacionou na metade do aclive que levava à igreja em ruínas, deixando os faróis acesos enquanto todos saíam do car-

ro. Embora houvesse vários carros atrás quando saíram da escola, eles pareciam ser os únicos que percorreram todo o caminho até o cemitério.

Tyler abriu a mala do carro e pegou uma embalagem de seis latas de cerveja.

— Sobra mais para nós. — Ele ofereceu uma cerveja a Elena, que sacudiu a cabeça, tentando ignorar a sensação nauseante na boca do estômago. Ela se sentia mal por estar ali — mas agora não havia como admitir isso.

Eles subiram o caminho de lajes, as meninas cambaleando nos saltos altos e se apoiando nos meninos. Quando chegaram ao topo, Elena arfou e Vickie deu um gritinho.

Uma coisa imensa e vermelha pairava pouco acima do horizonte. Elena precisou de um momento para perceber que era a lua. Era tão grande e irreal que parecia cenário de um filme de ficção científica, e sua massa inchada brilhava sombriamente com uma luz doentia.

— Parece uma abóbora grande e podre — disse Tyler, lançando uma pedra na direção da lua. Elena se obrigou a dar um sorriso reluzente para ele.

— Por que não entramos? — disse Vickie, apontando a mão branca para o buraco vazio na entrada da igreja.

A maior parte do telhado havia caído, embora o campanário ainda estivesse intacto, uma torre se estendendo alta acima deles. Três das paredes estavam de pé; a quarta estava à altura dos joelhos. Havia pilhas de entulho em toda parte.

Uma luz brilhou no rosto de Elena e ela se virou, sobressaltada, vendo Tyler segurando um isqueiro. Ele sorriu maliciosamente, mostrando os dentes fortes e brancos, e perguntou:

— Quer acender meu fogo?

O riso de Elena foi o mais alto, para encobrir seu desconforto. Ela pegou o isqueiro, usando-o para iluminar a sepultura na lateral da igreja. Não era parecido com nenhum túmulo do cemitério, embora o pai dela tivesse dito que vira coisas semelhantes na Inglaterra. Parecia uma caixa grande de pedra, com tamanho suficiente para duas pessoas, e duas estátuas de mármore deitadas na tampa.

— Thomas Keeping Fell e Honoria Fell — disse Tyler com um gesto largo, como se os apresentasse. — O velho Thomas supostamente fundou Fell's Church. Mas na verdade os Smallwood também estavam aqui na época. O trisavô do meu avô morava no vale perto do córrego Drowning...

— ...até que foi devorado por lobos — disse Dick, e atirou a cabeça para trás imitando o animal. Depois arrotou. Vickie deu uma gargalhada. A irritação vincou as feições bonitas de Tyler, mas ele se obrigou a sorrir.

— Thomas e Honoria estão meio pálidos — disse Vickie, ainda rindo. — Acho que precisam de um pouco de cor. — Ela pegou um batom na bolsa e começou a cobrir a boca de mármore da estátua da mulher com um vermelho ceroso. Elena sentiu outra pontada de náusea. Quando criança, sempre ficava pasma com a senhora pálida e o homem solene, deitados de olhos fechados, as mãos cruzadas no peito. E, depois que seus pais morreram, ela pensava neles deitados lado a lado, como estes no cemitério. Mas ela segurou o isqueiro enquanto a outra menina desenhava um bigode de batom e um nariz de palhaço em Thomas Fell.

Tyler as olhava.

— Ei, todos estão produzidos mas não têm aonde ir. — Ele pôs a mão na beira da tampa de pedra e se apoiou nela, tentando erguê-la pela lateral. — O que você acha, Dick... Quer dar a eles uma noitada na cidade? Tipo talvez bem no centro da cidade?

Não, pensou Elena, apavorada, enquanto Dick dava uma gargalhada e Vickie guinchava de rir. Mas Dick já estava ao lado de Tyler, escorando-se e preparando-se, com as mãos na tampa de pedra.

— No três — disse Tyler, e contou. — Um, dois, *três*.

Os olhos de Elena estavam fixos na horrível cara de palhaço de Thomas Fell enquanto os meninos empurravam para a frente e grunhiam, os músculos inchando por baixo da roupa. Eles não conseguiram mover nem um centímetro da tampa.

— Essa porcaria deve estar presa — disse Tyler com raiva, virando-se.

Elena sentiu-se fraca de alívio. Tentando parecer despreocupada, ela se encostou na tampa de pedra para ter apoio — e foi quando aconteceu.

Ela ouviu o moer da pedra e sentiu a tampa se deslocar sob sua mão esquerda, tudo ao mesmo tempo. A tampa se afastava dela, fazendo-a perder o equilíbrio. O isqueiro voou e ela gritou duas vezes, tentando se manter de pé. Estava caindo na sepultura aberta e um vento gelado rugia a seu redor. Gritos soaram em seus ouvidos.

Em seguida ela estava do lado de fora e a luz da lua era forte o bastante para enxergar os outros. Tyler a havia segurado. Ela olhou desesperadamente em volta.

— Que escândalo é esse? O que houve? — Tyler a sacudia.

— Ela se mexeu! A tampa se mexeu! Ela abriu e... sei lá... eu quase caí lá dentro. Era frio...

Os meninos estavam rindo.

— A coitadinha está nervosa — disse Tyler. — Vem, Dick-boy, vamos dar uma olhada.

— Tyler, não...

Mas eles já estavam lá dentro. Vickie ficou na porta, olhando, enquanto Elena tremia. Agora Tyler acenava para ela da porta.

— Olha — disse ele quando ela voltou para dentro, relutante. Ele pegara o isqueiro e o segurava acima do peito de mármore de Thomas Fell. — Ainda está presa aqui, grudadinha da silva. Está vendo?

Elena encarou o alinhamento perfeito da tampa com a sepultura.

— Ela se mexeu. Eu quase caí aí dentro...

— Claro, o que você quiser, gata. — Tyler passou os braços em volta dela, prendendo-a de costas para ele. Ela olhou e viu Dick e Vickie na mesma posição, só que Vickie, de olhos fechados, parecia estar gostando disso. Tyler esfregou o queixo forte em seu cabelo.

— Quero voltar para o baile agora — disse ela com firmeza.

Houve uma parada no esfregar. Depois Tyler suspirou e disse:

— Claro, gata. — Ele olhou para Dick e Vickie. — E vocês dois?

Dick sorriu.

— Vamos ficar aqui um tempinho. — Vickie riu de olhos ainda fechados.

— Tudo bem. — Elena se perguntou como eles iam voltar, mas deixou que Tyler a levasse pela porta. Do lado de fora, porém, ele parou.

— Não posso deixar você ir sem dar uma olhada na lápide de meu avô — disse ele. — Aí, Elena — completou enquanto ela começava a protestar —, não magoe meus sentimentos. Você tem que ver; é o orgulho da família.

Elena se obrigou a sorrir, embora seu estômago parecesse de gelo. Talvez, se ela o agradasse, ele a tirasse dali.

— Tudo bem — disse ela, e partiu para o cemitério.

— Por aí não. Por aqui. — E no momento seguinte ele a levava para o antigo cemitério. — Está tudo bem, é sério, não fica longe da trilha. Olha, ali, está vendo? — Ele apontou para uma coisa que brilhava ao luar.

Elena ofegou, os músculos endurecendo em volta do coração. Parecia que havia uma pessoa de pé, um gigante com uma cabeça redonda e sem cabelos. E ela não gostou nada de estar ali, entre as lápides gastas e inclinadas de granito do século passado. O luar lançava sombras estranhas e havia poças de escuridão impenetrável em toda parte.

— É só a esfera no topo. Não precisa ter medo — disse Tyler, puxando-a com ele para fora da trilha e subindo até a lápide iluminada. Era feita de mármore vermelho e a esfera imensa que a encimava lembrava a Elena a lua inchada no horizonte. Agora essa mesma lua brilhava neles, branca como as mãos de Thomas Fell. Elena não conseguiu reprimir o tremor. — Coitadinha, está com frio. Preciso aquecê-la — disse Tyler. Elena tentou empurrá-lo, mas ele era forte demais, envolvendo-a com os braços, puxando-a para ele.

— Tyler, quero ir embora; quero ir embora *agora*...

— Claro, gata, nós vamos — disse ele. — Mas precisamos aquecer você primeiro. Meu Deus, você está gelada.

— *Tyler, pare* — disse ela. Os braços dele apenas ficaram irritantes, restritivos, mas agora, chocada, ela sentiu as mãos de Tyler em seu corpo, tateando em busca da pele.

Nunca em sua vida Elena ficara numa situação dessas, longe de qualquer ajuda. Ela mirou um salto agulha no sapato de couro dele, bem no peito do pé, mas ele se esquivou.

— Tyler, *tire suas mãos de mim*.

— O que é isso, Elena, não fique assim, eu só quero te esquentar todinha...

— Tyler, vamos embora — ela disse, sufocada. Elena tentou se desvencilhar dele. Tyler cambaleou e depois todo o seu peso estava em cima dela, esmagando-a no emaranhado de hera e mato no chão. Elena falou desesperadamente. — Eu vou te matar, Tyler, é sério. *Me solta*.

Tyler tentou rolar, rindo de repente, os membros pesados e descoordenados, quase inúteis.

— Ei, dá um tempo, Elena, não fique chateada. Eu só estava te esquentando. Elena, a Princesa de Gelo, esquentando... Está ficando quente agora, não está?

Depois Elena sentiu a boca quente e molhada de Tyler em seu rosto. Ela ainda estava presa embaixo dele e os beijos molhados de Tyler roçavam seu pescoço. Ela ouviu o tecido se rasgar.

— Epa — murmurou Tyler. — Desculpe por isso.

Elena girou a cabeça e sua boca encontrou a mão de Tyler, acariciando desajeitada seu rosto. Ela a mordeu, cravando os dentes na palma da mão carnuda. Ela mordeu *com força*, sentiu o gosto de sangue, ouviu o grito de agonia de Tyler. A mão se afastou de repente.

— Ei! Eu pedi desculpas! — Tyler olhou entristecido para a mão machucada. Depois seu rosto se escureceu, enquanto, ainda olhando para a mão, ele a fechou num punho.

Acabou, pensou Elena, tão calma que parecia estar num pesadelo. Ele vai me bater, ou me matar. Ela se preparou para o golpe.

Stefan resistia a entrar no cemitério; tudo dentro dele gritava contra isso. Na última vez que estivera ali, fora a noite do velho.

O horror voltou a se deslocar por suas entranhas com a lembrança. Ele teria jurado que não tinha drenado o homem debaixo da ponte, que não tirara sangue suficiente para lhe causar mal. Mas tudo naquela noite depois da onda de Poder era atordoante e confuso. Se é que *houvera mesmo* uma onda de Poder. Ele fechou os olhos. Quando soube que o velho estava hospitalizado, quase morto, não teve palavras para expressar seu choque. Como *pôde* se descontrolar tanto? Matar, quase matar, quando ele não matava ninguém desde...

Ele não se permitiu pensar nisso.

Agora, parado diante do portão do cemitério na escuridão de meio da noite, o que ele mais queria na vida era dar a volta e ir embora. Voltar para o baile, onde tinha deixado Caroline, aquela criatura macia e bronzeada de sol que era absolutamente segura porque não significava absolutamente nada para ele.

Mas ele não podia voltar, porque Elena estava no cemitério. Ele podia senti-la, e sentir sua crescente aflição. Elena estava no cemitério e tinha problemas, e ele precisava encontrá-la.

Ele estava no meio da subida da colina quando a vertigem o atingiu. Fez com que ele vacilasse, lutando para seguir para a igreja porque era a única coisa em que podia manter o foco. Ondas cinzentas de névoa varreram seu cérebro e ele se esforçou para continuar em movimento. Fraco, ele parecia tão fraco. E impotente contra o mero poder dessa vertigem.

Ele precisava... ir até Elena. Mas ele estava fraco. Não podia ser... fraco... se tinha de ajudar Elena. Ele precisava... ir...

A porta da igreja se escancarava diante dele.

Elena viu a lua por sobre o ombro direito de Tyler. Era estranhamente adequado que fosse a última coisa que visse, pensou ela. O grito estava preso na garganta, sufocado pelo medo.

E então alguma coisa pegou Tyler e o atirou na lápide do avô.

Foi o que pareceu a Elena. Ela rolou de lado, ofegante, uma das mãos segurando o vestido rasgado, a outra procurando por uma arma.

Ela não precisava de arma nenhuma. Algo se moveu no escuro e ela viu a pessoa que arrancara Tyler dela. Stefan Salvatore. Mas era um Stefan que ela nunca vira: aquele rosto de feições finas estava branco e frio de fúria, e havia uma luz letal nos olhos verdes. Sem se mexer, Stefan emanava tanta cólera e ameaça que Elena se viu com mais medo dele do que sentira de Tyler.

— Quando o vi pela primeira vez, soube que você nunca aprendeu boas maneiras — disse Stefan. Sua voz era suave, fria e leve, e de algum modo deixava Elena tonta. Ela não conseguia tirar os olhos de Stefan enquanto ele avançava para Tyler, que sacudia a cabeça, tonto, e começava a se levantar. Stefan movimentava-se como um dançarino, cada movimento tranquilo e precisamente controlado. — Mas eu não fazia ideia de que seu caráter era tão subdesenvolvido.

Ele bateu em Tyler. O menino maior estava estendendo uma das mãos carnudas e Stefan o golpeou quase com negligência na face, antes de a mão fazer contato.

Tyler voou contra outra lápide. Ele se remexeu e se levantou arfando, os olhos brancos. Elena viu um fio de sangue escorrer de seu nariz. Depois ele atacou.

— Um *cavalheiro* não força sua companhia a ninguém — disse Stefan, e o golpeou de lado. Tyler caiu esparramado de novo, de cara para o mato e as trepadeiras. Desta vez ele se levantou mais devagar e o sangue fluía das duas narinas e da boca. Bufava como um cavalo apavorado ao se lançar para Stefan.

Stefan pegou a frente do paletó de Tyler, girando-o e absorvendo o impacto do ataque homicida. Sacudiu Tyler duas vezes, enquanto aqueles punhos imensos se debatiam como pás de moinho em volta dele, incapazes de tocá-lo. Depois ele largou Tyler.

— Um cavalheiro não insulta uma mulher — disse ele. A cara de Tyler estava retorcida, os olhos rolavam. Mas ele pegou a perna de Stefan. Stefan o puxou de pé e o sacudiu de novo, e Tyler ficou flácido como uma boneca de trapos, revirando os olhos. Stefan continuou a falar, mantendo reto o pesado corpo e pontuando cada palavra com uma sacudida de arrancar os ossos. — E, sobretudo, ele não a fere...

— Stefan! — gritou Elena. A cabeça de Tyler batia de um lado a outro a cada sacudida. Elena teve medo do que via: medo do que Stefan podia fazer. E medo acima de tudo da voz de Stefan, aquela voz fria que era como um florete dançando, linda, mortal e inteiramente impiedosa. — Stefan, *pare*.

Sua cabeça se voltou de repente para ela, sobressaltado, com se tivesse se esquecido de sua presença. Por um momento ele a olhou sem reconhecê-la, os olhos escuros na luz da lua, e ela pensou em um predador, uma grande ave ou um belo carnívoro, incapaz de emoções humanas. Depois a compreensão chegou a seu rosto e parte da escuridão desapareceu do olhar.

Ele olhou para a cabeça mole de Tyler, depois o acomodou delicadamente na lápide de mármore vermelho. Os joelhos de Tyler se dobraram e ele deslizou de cara para o túmulo, mas, para alívio de Elena, seus olhos se abriram — ou pelo menos o esquerdo se abriu. O direito estava inchado numa fenda.

— Ele vai ficar bem — disse Stefan com a voz inexpressiva.

Enquanto seu medo refluía, Elena se sentiu esvaziar. Choque, pensou ela, estou em choque. Devo começar a gritar desesperadamente a qualquer minuto.

— Há alguém que possa levá-la para casa? — disse Stefan, ainda com aquela voz insensível de arrepiar.

Elena pensou em Dick e Vickie, fazendo Deus sabia o que ao lado da estátua de Thomas Fell.

— Não — disse ela. Sua mente começava a trabalhar de novo, percebendo as coisas ao redor. O vestido violeta estava rasgado na frente; acabado. Mecanicamente, ela o reuniu sobre a combinação.

— Eu levo você — disse Stefan.

Apesar do torpor, Elena sentiu um arrepio rápido de medo. Olhou para ele, uma figura estranhamente elegante entre as lápides, o rosto pálido ao luar. Ele nunca lhe pareceu tão... tão *lindo*, mas essa beleza era quase alienígena. Não era só estrangeira, era inumana, porque nenhum ser humano podia projetar essa aura de poder ou distanciamento.

— Obrigada. Seria muito gentil — disse ela devagar. Não havia mais nada a fazer.

Eles deixaram Tyler se levantando dolorosamente perto do túmulo do avô. Elena sentiu outro arrepio enquanto eles chegavam à trilha e Stefan se virou para a ponte Wickery.

— Deixei meu carro na pensão — disse ele. — Este é o caminho mais curto para voltarmos.

— Foi por aqui que você veio?

— Não. Não atravessei a ponte, mas será seguro.

Elena acreditou nele. Pálido e silencioso, ele andou ao lado dela sem tocá-la, a não ser quando tirou o blazer para colocar em seus ombros despidos. Ela sentiu uma estranha certeza de que ele poderia matar qualquer coisa que tentasse atingi-la.

A ponte Wickery era branca à luz da lua e embaixo as águas geladas se retorciam sobre pedras antigas. O mundo todo estava sossegado, lindo e frio enquanto eles passavam pelos carvalhos até a estrada rural estreita.

Eles passaram por pastos cercados e campos escuros até que chegaram a uma estradinha sinuosa e longa. A pensão era um prédio grande de tijolos vermelho-ferrugem, feito de barro nativo, e flanqueado por cedros e bordos antigos. Todas as janelas estavam às escuras, menos uma.

Stefan abriu uma das portas duplas e eles entraram em um pequeno hall, com um lance de escada diretamente diante deles. O corrimão, como as portas, era de carvalho claro natural, tão polido que parecia brilhar.

Eles subiram a escada até o patamar do segundo andar, que era mal iluminado. Para surpresa de Elena, Stefan a levou a um dos quartos e abriu o que parecia ser uma porta de armário. Do outro lado da porta, ela podia ver uma escada muito íngreme e muito estreita.

Que lugar estranho, pensou ela. Essa escada oculta enterrada no coração da casa, onde não penetrava nenhum som do exterior. Ela chegou ao alto da escada e saiu num cômodo grande, que compunha todo o terceiro andar.

Era quase tão mal iluminado quanto a casa, mas Elena podia ver o piso de madeira manchado e as vigas expostas do teto inclinado. Havia janelas altas em todos os lados, e muitas malas espalhadas em meio a alguns móveis imensos.

Ela percebeu que ele a observava.

— Há um banheiro onde eu...?

Ele assentiu para uma porta. Ela tirou o blazer, estendeu para ele sem olhá-lo e entrou.

8

Elena entrou no banheiro grata, tonta e entorpecida. Saiu dele irritada.

Ela não tinha certeza de como a transformação ocorrera. Mas em algum momento, enquanto lavava os arranhões no rosto e nos braços, irritada com a falta de um espelho e com o fato de ter deixado a bolsa no conversível de Tyler, ela começou a *sentir* de novo. E o que sentiu foi raiva.

Maldito Stefan Salvatore. Tão frio e controlado, mesmo enquanto salvava sua vida. Ele que se dane com sua educação, cortesia e os muros que o cercavam, que pareciam mais espessos e mais altos do que nunca.

Ela tirou os grampos que restavam no cabelo e os usou para prender a frente do vestido. Depois penteou o cabelo rapidamente com um pente de osso gravado que encontrou na pia. Saiu do banheiro com o queixo erguido e os olhos semicerrados.

Ele não havia vestido o paletó. Estava parado perto da janela, com o suéter branco e a cabeça tombada, tenso, esperando. Sem levantar a cabeça, ele gesticulou para um pedaço de veludo escuro disposto nas costas de uma cadeira.

— Talvez queira usar isto por cima do vestido.

Era um manto longo, muito sofisticado e macio, com um capuz. Elena colocou o tecido pesado nos ombros. Mas o presente não a abrandou; percebeu que Stefan não tentou se aproximar dela, nem mesmo a olhava ao falar.

Deliberadamente, ela invadiu o espaço territorial dele, puxando o manto e sentindo, mesmo neste momento, um prazer sensual no modo como as dobras caíam em volta de seu corpo, arrastando atrás dela no chão. Ela andou até ele e fez um exame da pesada cômoda de mogno perto da janela.

Nela, havia uma adaga que parecia cruel, com um punho de marfim e um linda xícara de ágata engastada em prata. Havia também uma esfera dourada com uma espécie de mostrador e várias moedas de ouro.

Ela pegou uma das moedas, em parte porque era interessante e em parte porque ela sabia que o irritaria vê-la mexendo em suas coisas.

— O que é isto?

Ele respondeu um instante depois.

— Um florim de ouro. Uma moeda florentina.

— E o que é isso?

— Um relógio alemão de bolso. Do final do século XV — disse ele distraidamente. Ele acrescentou: — Elena...

Ela estendeu a mão para um pequeno cofre de ferro com uma tampa com dobradiças.

— E isso? Ele abre?

— *Não*. — Ele tinha os reflexos de um felino; a mão bateu no cofre, mantendo a tampa abaixada. — Isto é particular — disse ele, a tensão evidente em sua voz.

Ela percebeu que a mão dele só fez contato com a tampa curva de ferro e não com seu corpo. Ela ergueu os dedos e ele retirou a mão de pronto.

De repente, a raiva de Elena era demasiada para ser reprimida por mais tempo.

— Cuidado — disse ela furiosamente. — Não toque em mim, ou pode pegar uma doença.

Ele se virou para a janela.

E no entanto, mesmo enquanto se afastava, voltando ao meio do quarto, Elena podia sentir que ele olhava seu reflexo. E ela entendeu, de repente, como devia parecer a ele, o cabelo claro derramando-se sobre o manto escuro, a mão branca mantendo o veludo fechado no pescoço. Uma princesa enfurecida andando em sua torre.

Ela tombou a cabeça para trás para olhar o alçapão no teto e ouviu um respirar suave e distinto. Quando Elena se virou, o olhar dele estava fixo em seu pescoço exposto; a expressão em seus olhos a confundiu. Mas no momento seguinte o rosto de Stefan endureceu, excluindo-a.

— Acredito — disse ele — que é melhor levá-la para casa.

Nesse instante, ela queria magoá-lo, fazer com que ele se sentisse tão mal quanto o que fizera a ela. Mas ela também queria a verdade. Estava cansada daquele jogo, cansada de tramas e conspirações, de tentar ler a mente de Stefan Salvatore.

Era apavorante e no entanto um alívio maravilhoso ouvir a própria voz pronunciando as palavras em que pensava há tanto tempo.

— Por que você me odeia?

Ele a fitou. Por um momento ele não pareceu saber o que dizer. Depois falou:

— Eu não a odeio.

— Odeia, sim — disse Elena. — Sei que não é... não é de bom-tom dizer isso, mas eu não ligo. Eu sei que devia ser grata a você por me salvar esta noite, mas também não ligo para isso. Eu não pedi a você para me salvar. Antes de mais nada, não sei por que você estava no cemitério. E realmente não entendo por que você fez isso, considerando o que sente por mim.

Ele sacudia a cabeça, mas sua voz era tranquila.

— Eu não a odeio.

— Desde o comecinho, você tem me evitado como se eu fosse... uma espécie de leprosa. Tentei ser simpática, mas você me rejeitou, na minha cara. É isso que um *cavalheiro* faz quando alguém tenta lhe dar as boas-vindas?

Ele agora tentava dizer alguma coisa, mas ela continuou, indiferente.

— Você me esnobou em público várias vezes; você me humilhou na escola. Não estaria falando comigo agora se não fosse uma questão de vida ou morte. É isso que é preciso fazer para arrancar uma palavra sua? Alguém tem que quase ser assassinado? E mesmo agora — continuou ela com amargura — você não me quer por perto. Qual é o seu problema, Stefan

Salvatore, por que tem de viver desse jeito? Construindo muros contra os outros para mantê-los a distância? Não pode confiar em ninguém? *Qual é o seu problema?*

Ele agora estava em silêncio, de cara virada. Ela respirou fundo e endireitou os ombros, mantendo a cabeça erguida apesar dos olhos que ardiam, sensíveis.

— E qual é o problema *comigo* — acrescentou ela, mais baixo —, já que você nem olha para mim, mas pode deixar Caroline Forbes cair em cima de você? Eu tenho o direito de saber isso, pelo menos. Não vou incomodá-lo novamente, nem vou falar com você na escola, mas quero saber a verdade antes de ir embora. Por que você me odeia tanto, Stefan?

Devagar, ele se virou e ergueu a cabeça. Seus olhos eram vagos, nada viam, e alguma coisa se retorceu em Elena com a dor que viu naquele rosto.

A voz dele ainda era controlada — mas, com dificuldade, ela podia ouvir o esforço que custava a ele mantê-la estável.

— Sim — disse ele —, acho que tem o direito de saber. Elena. — Ele então olhou para ela, encontrando seus olhos e ela pensou: é tão ruim assim? O que pode ser tão ruim? — Eu não a odeio — continuou ele, pronunciando cada palavra com cuidado, distintamente. — Nunca a odiei. Mas você... me lembra alguém.

Elena ficou confusa. Ela esperava por qualquer coisa, menos isso.

— Eu me pareço com alguém que você conhece?

— Com alguém que conheci — disse ele em voz baixa. — Mas — ele acrescentou lentamente, como se tentasse decifrar alguma coisa consigo mesmo —, você na verdade não é igual a ela. Ela era parecida com você, mas era frágil, delicada. Vulnerável. Por dentro e por fora.

— E eu não sou assim.

Ele fez um som que teria sido uma risada, se houvesse algum humor.

— Não. Você é uma guerreira... Você é... você mesma.

Elena ficou em silêncio por um momento. Não conseguia continuar zangada, vendo a dor no rosto dele.

— Você era muito próximo dela?

— Sim.

— O que aconteceu?

Houve uma longa pausa, tão longa que Elena pensou que ele não ia responder. Mas por fim ele disse:

— Ela morreu.

Elena soltou um suspiro trêmulo. O que restava da raiva fugiu e desapareceu por dentro dela.

— Deve ter doído terrivelmente — disse ela com delicadeza, pensando na lápide branca dos Gilbert em meio à relva. — Eu sinto muito.

Ele não disse nada. Seu rosto se fechou novamente e ele parecia estar olhando alguma coisa ao longe, algo terrível e doloroso que só ele podia ver. Mas não havia apenas tristeza em sua expressão. Através dos muros e por detrás de todo o controle trêmulo, ela podia ver o olhar torturado de culpa e solidão. Um olhar tão perdido e assombrado que ela foi para o lado dele antes que se desse conta do que fazia.

— Stefan — sussurrou ela. Ele não parecia ouvi-la; parecia estar à deriva, em seu próprio mundo de infelicidade.

Ela não pôde deixar de colocar a mão em seu braço.

— Stefan, eu sei como é essa dor...

— Você *não* sabe — explodiu ele, toda a sua quietude irrompendo em fúria. Ele olhou para a mão dela como se acabasse de notá-la ali, como se enfurecido pela afronta de Elena tocar nele. Seus olhos verdes estavam dilatados e escuros enquanto ele se livrava da mão de Elena, atirando a mão para o alto, a fim de impedi-la de tocar nele novamente...

...e de algum modo, em vez disso, ele segurou a mão dela, seus dedos entrelaçados com força, segurando-a com sofreguidão. Ele olhou para as mãos entrelaçadas, aturdido. Depois, lentamente, seu olhar passou dos dedos para o rosto de Elena.

— Elena... — sussurrou ele.

E então ela viu, a angústia despedaçando o olhar dele, como se ele simplesmente não pudesse mais lutar. A derrota enquanto os muros finalmente ruíam e ela via o que havia por trás deles.

E então, desamparado, ele curvou a cabeça para os lábios de Elena.

— Espere... Pare aqui — disse Bonnie. — Acho que vi alguma coisa.

O Ford amassado de Matt reduziu, indo para a lateral da estrada, onde cresciam amoreiras e arbustos espessos. Alguma coisa branca lampejou ali, indo para eles.

— Ai, meu Deus — disse Meredith. — É Vickie Bennett.

A menina cambaleou para os faróis e ficou ali, oscilando, enquanto Matt pisava nos freios. O cabelo castanho-claro estava embaraçado, e os olhos vítreos numa cara suja de terra olhavam para a frente. Ela só usava um corpete branco e fino.

— Traga-a para carro — disse Matt. Meredith já estava abrindo a porta. Pulou para fora e correu até a menina confusa.

— Vickie, você está bem? O que aconteceu com você?

Vickie gemeu, ainda olhando para a frente. Depois de repente pareceu ver Meredith e se agarrou a ela, cravando as unhas em seus braços.

— Vá embora daqui — disse ela, os olhos cheios de uma intensidade desesperada, a voz estranha e espessa, como se ela tivesse alguma coisa na boca. — Todos vocês... Saiam já daqui! Ele está vindo.

— O que esta vindo? Vickie, onde está Elena?

— Saiam daqui *agora*...

Meredith olhou a estrada, depois levou a menina trêmula para o carro.

— Vamos levar você — disse ela —, mas precisa nos dizer o que aconteceu. Bonnie, me dê seu xale. Ela está congelando de frio.

— Ela foi ferida — disse Matt em tom grave. — E está em choque ou coisa assim. A questão é, onde estão os outros? Vickie, Elena estava com você?

Vickie começou a soluçar, colocando as mãos no rosto enquanto Meredith aninhava o xale rosa iridescente de Bonnie em seus ombros.

— Não... Dick... — disse ela indistintamente. Parecia que era doloroso falar. — A gente estava na igreja... Foi horrível.

Ele apareceu... como uma névoa cercando tudo. Uma névoa escura. E olhos. Eu vi os olhos dele no escuro, ardendo. Eles me queimavam...

— Ela está delirando — disse Bonnie. — Ou está em choque, ou sei lá como se chama isso.

Matt falou devagar e com clareza.

— Vickie, por favor, só nos diga uma coisa. Onde está Elena? O que houve com ela?

— Eu não *sei*. — Vickie ergueu o rosto manchado de lágrimas para o céu. — Dick e eu... estávamos sozinhos. Nós estávamos... E depois de repente a coisa estava em volta da gente. Eu não consegui correr. Elena disse que a sepultura estava aberta. Talvez tenha saído dali. Foi horrível...

— Eles estavam no cemitério, na igreja em ruínas — interpretou Meredith. — E Elena estava com eles. E olhe só isso.

— Na luz do teto do carro, todos puderam ver os arranhões fundos e recentes descendo do pescoço de Vickie até o corpete.

— Parecem marcas de animal — disse Bonnie. — Como garras de gato, talvez.

— Nenhum gato pegou aquele velho embaixo da ponte — disse Matt. Seu rosto estava pálido e os músculos se destacavam em seu maxilar. Meredith seguiu seu olhar pela estrada e sacudiu a cabeça.

— Matt, temos que levá-la primeiro. *Precisamos* fazer isso — disse ela. — Escute, estou tão preocupada com Elena quanto você. Mas Vickie precisa de um médico e temos que chamar a polícia. Não temos alternativa. Precisamos voltar.

Matt olhou a estrada por mais um longo momento, depois soltou o ar num silvo. Batendo a porta do carro, ele o engrenou e deu a volta, cada movimento feito de forma violenta.

E, no caminho para a cidade, Vickie gemia, balbuciando algo sobre os olhos.

Elena sentiu os lábios de Stefan encontrando os dela.

E... Foi tudo muito simples. Todas as perguntas respondidas, todos os medos postos de lado, todas as dúvidas eliminadas. O que ela sentiu não era apenas paixão, mas uma ternura opressiva e um amor tão forte que a fez tremer por dentro. Teria sido apavorante por sua intensidade, só que enquanto estava com ele, ela não podia ter medo de nada.

Ela estava em casa.

Aquele era o seu lugar e ela enfim o encontrara. Com Stefan, ela estava em casa.

Ele recuou lentamente e ela sentiu que Stefan tremia.

— Ah, Elena — sussurrou ele em seus lábios. — Não podemos fazer...

— Já fizemos — sussurrou ela, puxando-o para si de novo.

Era quase como se ela pudesse ouvir os pensamentos dele, pudesse sentir seus sentimentos. Prazer e desejo disparavam por eles, ligando-os, atraindo os dois. E Elena sentiu também um manancial de emoções mais profundas dentro dele. Ele queria abraçá-la para sempre, protegê-la de todos os perigos. Ele queria defendê-la de qualquer mal que a ameaçasse. Ele queria unir sua vida à dela.

Ela sentiu a terna pressão de seus lábios nos dela e mal suportou sua doçura. *Sim*, pensou ela. A sensação a percorreu como ondas num lago tranquilo e claro. Ela se afogava nele, ao mesmo tempo na alegria que sentia em Stefan e na deliciosa onda de resposta em si mesma. O amor de Stefan a banhava, brilhava por ela, iluminava cada canto escuro de sua alma como um sol. Ela tremeu de prazer, de amor e de desejo.

Ele se afastou lentamente, como se não suportasse se separar dela, e eles se olharam nos olhos com um prazer assombrado.

Não falaram nada. Não havia necessidade de falar. Ele afagou seu cabelo, com um toque tão leve que ela mal podia sentir, como se ele tivesse medo de ela se romper em suas mãos. Ela entendeu, então, que não tinha sido o ódio que fizera com que ele a evitasse por tanto tempo. Não, não tinha sido ódio, de maneira nenhuma.

Elena não fazia ideia de quanto tempo se passara até que eles finalmente desceram a escada da pensão em silêncio. Em qualquer outra hora, ela teria ficado emocionada por entrar no carro preto e reluzente de Stefan, mas esta noite mal deu pela presença dele. Ele segurava sua mão enquanto os dois seguiam pelas ruas desertas.

Ao se aproximarem da casa, a primeira coisa que Elena viu foram as luzes.

— É a polícia — disse ela, encontrando sua voz com certa dificuldade. Era estranho falar depois de ficar tanto tempo em silêncio. — E aquele é o carro de Robert na entrada, e o outro é o de Matt — disse ela. Ela olhou para Stefan e a paz que a inundara de repente parecia frágil. — O que será que aconteceu? Acha que Tyler já disse a eles...

— Nem Tyler seria tão idiota — disse Stefan.

Ele parou atrás de uma das viaturas da polícia e Elena relutantemente soltou a mão da dele. Elena queria de todo o coração que ela e Stefan ficassem a sós, juntos, que nunca tivessem de enfrentar o mundo.

Mas não havia como evitar isso. Eles andaram pelo passadiço até a porta, que estava aberta. A casa, por dentro, resplandecia de luzes.

Ao entrar, Elena viu o que pareciam dezenas de rostos se virando para ela. Ela teve uma visão repentina de como deveria estar, parada ali na porta com o manto de veludo preto e ondulante, com Stefan Salvatore a seu lado. E depois tia Judith deu um grito e a estava tomando nos braços, sacudindo-a e abraçando-a ao mesmo tempo.

— Elena! Ah, graças a Deus você está bem. Mas onde esteve? E por que não ligou? Não entende o que tivemos de passar?

Elena olhou a sala, pasma. Não entendeu nada.

— Só estamos felizes por ter você de volta — disse Robert.

— Eu estava na pensão, com Stefan — disse ela lentamente. — Tia Judith, este é Stefan Salvatore; ele aluga um quarto lá. Ele me trouxe para casa.

— Obrigada — disse tia Judith a Stefan por sobre a cabeça de Elena. Depois, recuando para olhar Elena, ela disse: — Mas seu vestido, seu cabelo... O que houve?

— Não sabe? Então o Tyler não lhe contou. Mas por que a polícia está aqui? — Elena se aproximou de Stefan por instinto e o sentiu se aproximar dela de forma protetora.

— A polícia está aqui porque Vickie Bennett foi atacada no cemitério esta noite — disse Matt. Ele, Bonnie e Meredith estavam parados atrás de tia Judith e Robert, parecendo aliviados, meio sem jeito e muito cansados. — Nós a encontramos há umas duas ou três horas e estamos procurando você desde então.

— *Atacada?* — disse Elena, aturdida. — Atacada pelo quê?

— Ninguém sabe — disse Meredith.

— Bom, ora, pode ser que não haja motivos de preocupação — disse Robert num tom tranquilizador. — O médico disse que ela tomou um belo susto e que andou bebendo. Toda a coisa pode ter sido imaginação dela.

— Aqueles arranhões não eram imaginários — disse Matt, educado mas teimoso.

— Que arranhões? Do que vocês estão falando? — perguntou Elena, olhando de um rosto a outro.

— Eu vou te contar — disse Meredith, e explicou, sucintamente, como os outros e ela encontraram Vickie. — Ela ficou dizendo que não sabia onde você estava, que ela estava sozinha com Dick quando aconteceu. E quando nós a levamos, o médico disse que não conseguia encontrar nada de conclusivo. Ela não foi muito ferida, a não ser pelos arranhões; pode ter sido um gato.

— Não há outras marcas nela? — disse Stefan asperamente. Era a primeira vez que ele falava desde que entrara na casa e Elena o olhou, surpresa com seu tom de voz.

— Não — disse Meredith. — É claro que um gato não teria arrancado as roupas dela... Mas Dick pode ter feito isso. Ah, e a língua dela estava mordida.

— *Como é?* — disse Elena.

— Muito mordida, eu quero dizer. Deve ter sangrado muito, e agora ela sente dor quando fala.

Ao lado de Elena, Stefan ficou imóvel.

— Ela tem alguma explicação para o que aconteceu?

— Ela estava descontrolada — disse Matt. — Bem descontrolada; o que dizia não tinha sentido nenhum. Ficou tagarelando sobre olhos e névoa escura e de não conseguir correr... E é por isso que o médico acha que talvez tenha sido alguma alucinação. Mas, pelo que todos podem deduzir, os fatos são que ela e Dick Carter estavam na igreja em ruínas perto do cemitério por volta da meia-noite, e que alguma coisa apareceu e a atacou lá.

Bonnie acrescentou:

— Não atacou o Dick, pelo menos mostra que tem bom gosto. A polícia o encontrou desmaiado no chão da igreja e ele não se lembra de nada.

Mas Elena mal ouviu as últimas palavras. Havia alguma coisa terrivelmente errada com Stefan. Ela não entendia como sabia disso, mas sabia. Ele se enrijecera enquanto Matt terminava de falar e agora, embora não tivesse se mexido, ela sentia que uma grande distância os separava, como se ela e Stefan estivessem em lados opostos de uma falha, uma rachadura no gelo.

Ele disse, na mesma voz terrivelmente controlada que ela ouvira antes em seu quarto:

— Na igreja, Matt?

— Sim, na igreja em ruínas — disse Matt.

— E tem certeza de que ela disse que era meia-noite?

— Ela não tem certeza, mas deve ser sido mais ou menos a essa hora. Nós a encontramos logo depois. Por quê?

Stefan não disse nada. Elena podia sentir o abismo entre eles se ampliando.

— Stefan — sussurrou ela. Depois, em voz alta, ela disse desesperadamente: — Stefan, o que foi?

Ele sacudiu a cabeça. Não me exclua, pensou ela, mas ele nem a olhou.

— Ela vai sobreviver? — perguntou ele abruptamente.

— O médico disse que não há nada de muito errado com ela — disse Matt. — Ninguém sugeriu que ela podia morrer.

O assentir de Stefan foi abrupto; depois ele se virou para Elena.

— Tenho que ir — disse ele. — Agora você está em segurança.

Ela pegou a mão dele enquanto ele se virava.

— Claro que estou em segurança — disse ela. — Graças a você.

— Sim — ele falou. Mas não havia resposta em seus olhos. Estavam resguardados, opacos.

— Me liga amanhã. — Ela apertou a mão dele, tentando transmitir o que sentia sob o olhar atento de todos que observavam. Desejando que ele entendesse.

Ele olhou para as mãos com indiferença, depois, lentamente, de volta a ela. E então, enfim, retribuiu a pressão nos dedos.

— Sim, Elena — sussurrou ele, os olhos prendendo-se nos dela. No minuto seguinte, ele se fora.

Ela respirou fundo e se virou para a sala abarrotada. Tia Judith ainda adejava por ali, o olhar fixo no que podia ser o vestido rasgado de Elena, por baixo do manto.

— Elena — disse ela —, o que *aconteceu*? — E seus olhos foram para a porta, por onde Stefan acabara de sair.

Uma gargalhada meio estrangulada irrompeu na garganta de Elena e ela a sufocou.

— Não foi Stefan quem fez isso — disse ela. — Stefan me salvou. — Ela sentiu o rosto enrijecer e olhou o policial atrás de tia Judith. — Foi Tyler, Tyler Smallwood...

9

Ela não era a reencarnação de Katherine.

Voltando de carro à pensão no silêncio cor de lavanda clara antes do amanhecer, Stefan pensava nisso.

Ele contara muito a ela e o que disse era verdade, mas só agora percebia quanto tempo estivera caminhando para esta conclusão. Ele estivera ciente de cada respiração e movimento de Elena por semanas e classificara cada diferença.

O cabelo de Elena era um ou dois tons mais claro do que o de Katherine, e suas sobrancelhas e cílios eram mais escuros. Os de Katherine eram quase prateados. E ela era mais alta do que Katherine por um bom palmo. Ela também se movimentava com uma liberdade maior; as meninas desta idade ficavam mais à vontade com seu corpo.

Até os olhos de Elena, aqueles olhos que o petrificaram com o choque do reconhecimento no primeiro dia, não eram os mesmos. Os olhos de Katherine em geral eram arregalados, cheios de uma perplexidade infantil, ou baixos, como era adequado para uma jovem do final do século XV. Mas os olhos de Elena o fitavam de frente, olhavam-no fixamente e sem pestanejar. E às vezes eles se estreitavam com determinação ou desafio, de uma forma que Katherine jamais faria.

Em graça, beleza e mero fascínio, elas eram semelhantes. Mas onde Katherine tinha sido uma gatinha branca, Elena era uma tigresa.

Enquanto passava pelas silhuetas dos bordos, Stefan se encolheu com a lembrança que surgiu de repente. Não pensaria nisso, não se permitiria... Mas as imagens já se desenrolavam diante dele. Era como se o diário tivesse caído aberto e ele não pudesse fazer mais do que olhar desamparado a página enquanto a história era tocada em sua mente.

Branco, Katherine estava vestindo branco naquele dia. Um vestido branco e novo de seda veneziana, com mangas recortadas para mostrar a fina chemise de linho por baixo. Ela estava com um colar de ouro e pérolas e brincos minúsculos com pingentes de pérola nas orelhas.

Katherine tinha ficado muito alegre com o vestido novo que o pai encomendara especialmente para ela.

Ela fizera uma pirueta na frente de Stefan, erguendo a saia longa em uma das mãos para mostrar a anágua de brocado amarelo por baixo...

— Está vendo, é bordada com as minhas iniciais. Papai mandou que fizessem assim. *Mein lieber Papa...* — Sua voz falhou e ela parou de girar, uma das mãos lentamente acomodando-se ao lado do corpo. — Mas qual é o problema, Stefan? Você não está sorrindo.

Ele nem podia tentar. Vê-la ali, branca e dourada como uma visão etérea, era fisicamente doloroso para ele. Se ele a perdesse, não sabia como ia viver.

Os dedos de Stefan se fecharam convulsivamente no metal frio e gravado.

— Katherine, como posso sorrir, como posso ser feliz quando...

— Quando?

— Quando vejo como você olha para Damon. — Pronto, estava dito. Ele continuou, com dificuldade. — Antes de ele vir para casa, você e eu ficávamos juntos todo dia. Meu pai e o seu estavam satisfeitos, e falavam de planos para o casamento. Mas agora os dias ficaram mais curtos, o verão está quase acabando... E você passa tanto tempo com Damon quanto comigo. O único motivo para meu pai permitir que ele fique aqui é porque você pediu. Mas *por que* você pediu, Katherine? Pensei que gostasse de mim.

Seus olhos azuis estavam espantados.

— Eu gosto de você, Stefan. Ah, você sabe que gosto!

— Então por que interceder a favor de Damon com meu pai? Se não fosse por você, ele teria atirado Damon na rua...

— O que tenho certeza que agradaria a *você*, irmãozinho. — A voz na porta era suave e arrogante, mas quando Stefan se virou viu os olhos de Damon em brasa.

— Ah, não, isso não é verdade — disse Katherine. — Stefan jamais desejaria vê-lo magoado.

O lábio de Damon se retorceu e ele lançou a Stefan um olhar enviesado ao andar para o lado de Katherine.

— Talvez não — disse Damon a ela, a voz se suavizando um pouco. — Mas meu irmão tem razão sobre uma coisa, pelo menos. Os dias ficam mais curtos e logo seu pai estará partindo de Florença. E ele a levará... A não ser que você tenha um motivo para ficar.

A não ser que você tenha um marido com quem ficar. As palavras não foram ditas, mas todos as ouviram. O barão gostava demais da filha para obrigá-la a se casar contra a vontade. No fim, teria de ser uma decisão de Katherine. Uma escolha dela.

Agora que o assunto tinha sido levantado, Stefan não conseguiu ficar em silêncio.

— Katherine sabe que deve deixar o pai em breve... — começou ele, ostentando seu conhecimento secreto, mas o irmão o interrompeu.

— Ah, sim, antes que o velho fique desconfiado — disse Damon despreocupadamente. — Até o mais bobo dos pais deve começar a estranhar quando a filha só aparece à noite.

A raiva e a mágoa tomaram Stefan. Era verdade, então; seu irmão sabia. Katherine compartilhara seu segredo com Damon.

— Por que contou a ele, Katherine? Por quê? O que pode ver nele? Um homem que não se importa com nada, a não ser com seu próprio prazer? Como ele pode fazê-la feliz quando só pensa em si mesmo?

— E como este *menino* pode fazê-la feliz quando não sabe nada do mundo? — intrometeu-se Damon, a voz afiada de desdém. — Como ele a protegerá se nunca enfrentou a realidade? Passou a vida toda entre livros e pinturas; ele que fique onde está.

Katherine sacudia a cabeça, aflita, os olhos duas gemas azuis toldados de lágrimas.

— Nenhum dos dois compreende — disse ela. — Vocês pensam que posso me casar e me acomodar aqui como qualquer outra dama de Florença. Mas não posso ser como as outras damas. Como poderia manter um lar com criados que observarão cada movimento meu? Como poderia viver num lugar onde as pessoas verão que os anos não me afetam? Nunca haverá uma vida normal para mim.

Ela respirou fundo e olhou para cada um deles.

— Quem decidir ser meu marido deve abrir mão da vida ao sol — sussurrou ela. — Deve decidir viver sob a lua e nas horas de escuridão.

— Então *você* deve escolher alguém que não tenha medo das sombras — disse Damon, e Stefan ficou surpreso com a intensidade de sua voz. Ele nunca ouvira Damon falar com tanta seriedade, sem simulações. — Katherine, olhe para meu irmão: será ele capaz de renunciar à luz do sol? Ele é apegado demais às coisas banais: seus amigos, a família, os deveres em Florença. A escuridão o destruiria.

— Mentira! — gritou Stefan. Ele agora fervia. — Eu sou tão forte quanto você, *irmão*, e não temo nada nas sombras ou no sol. E amo Katherine mais do que os amigos ou a família...

— ...ou seus deveres? Você a ama o bastante para abrir mão também disso?

— Sim — disse Stefan num tom de desafio. — O bastante para renunciar a tudo.

Damon abriu um de seus sorrisos súbitos e perturbadores. Depois se voltou novamente para Katherine.

— Ao que parece — disse ele —, a escolha é somente sua. Você tem dois pretendentes para sua mão; escolherá um de nós ou nenhum dos dois?

Katherine tombou lentamente a cabeça dourada. Depois ergueu os olhos azuis para os dois.

— Me deem até sábado para pensar. E, nesse meio-tempo, não me pressionem com perguntas.

Stefan assentiu com relutância. Damon disse:

— E no domingo?

— No domingo, ao crepúsculo, eu tomarei minha decisão.

O crepúsculo... A escuridão violeta do crepúsculo...

Os tons de veludo desbotaram em volta de Stefan e ele caiu em si. Não estava anoitecendo, mas amanhecendo, aquele céu tingido ao seu redor. Perdido em pensamentos, ele tinha seguido para a beira do bosque.

A noroeste ele viu a ponte Wickery e o cemitério. Uma nova lembrança acelerou sua pulsação.

Ele havia dito a Damon que estava disposto a abrir mão de tudo por Katherine. E foi exatamente o que fez. Ele renunciara a todo direito à luz do sol e se tornara uma criatura das trevas por ela. Um caçador condenado a ser eternamente perseguido, um ladrão que tinha de roubar a vida para preencher as próprias veias.

E talvez um assassino.

Não, disseram que a menina Vickie não morreria. Mas sua próxima vítima poderia morrer. A pior coisa no último ataque era que ele não se lembrava de nada. Lembrava-se da fraqueza, da necessidade premente, e se lembrava de cambalear pela porta da igreja, mas nada depois disso. Ele recuperou os sentidos do lado de fora com os gritos de Elena ecoando em seus ouvidos — e correu para ela sem parar para pensar no que podia ter acontecido.

Elena... Por um momento ele sentiu um surto de pura alegria e espanto, esquecendo-se de todo o resto. Elena, quente como o sol, suave como a manhã, mas com um cerne de aço que não podia ser rompido. Ela era como o fogo ardendo no gelo, como o gume afiado de uma adaga de prata.

Mas teria ele o direito de amá-la? Seus sentimentos por ela a colocavam em perigo. E se da próxima vez que a necessidade o tomasse Elena fosse o ser humano vivo mais imediato, o mais próximo vaso cheio de sangue quente e renovador?

Morrerei antes de tocar nela, pensou ele, fazendo um juramento para si mesmo. Antes de perfurar suas veias, eu morrerei de sede. E juro que ela jamais saberá de meu segredo. Ela jamais terá de abrir mão do sol por minha causa.

Atrás dele, o céu clareava. Mas, antes de partir, ele sondou o ambiente com outro pensamento, com toda a força de sua dor, à procura de outro Poder que pudesse estar próximo. Procurando por outra solução para o que acontecera na igreja.

Mas não havia nada, nenhuma sugestão de resposta. O cemitério zombava dele com seu silêncio.

Elena acordou com o sol brilhando na janela. De pronto sentiu como se tivesse acabado de se recuperar de uma longa gripe, como se fosse manhã de Natal. Seus pensamentos cram atabalhoados enquanto ela se sentava.

Ah. Ela estava toda doída. Mas ela e Stefan — isso corrigia tudo. Aquele idiota bêbado do Tyler... Mas Tyler não importava mais. Nada mais importava, a não ser que Stefan a amava.

Ela desceu a escada de camisola, percebendo pela luz inclinada nas janelas que devia ter dormido até muito tarde. Tia Judith e Margaret estavam na sala de estar.

— Bom dia, tia Judith. — Ela deu um abraço longo e surpreendente na tia. — E bom dia, docinho. — Ela puxou Margaret de pé e valsou pela sala com ela. — E... Ah! Bom dia, Robert. — Meio constrangida com sua exuberância e por estar seminua, ela baixou Margaret e correu para a cozinha.

Tia Judith entrou. Embora estivesse com olheiras, ela sorria.

— Você está de bom humor esta manhã.

— Ah, estou sim. — Elena lhe deu outro abraço, para se desculpar pelas olheiras.

— Sabia que temos de voltar à delegacia para falar com eles sobre Tyler?

— Sim. — Elena pegou suco na geladeira e se serviu num copo. — Mas posso visitar Vickie Bennett em casa primeiro? Sei que ela deve estar perturbada, em especial porque parece que nem todo mundo acredita nela.

— Você acredita, Elena?

— Sim — respondeu ela lentamente. — Eu acredito. E, tia Judith — acrescentou, tomando uma decisão —, alguma coisa aconteceu comigo na igreja também. Pensei...

— Elena! Bonnie e Meredith estão aqui para ver você. — A voz de Robert soou do corredor.

O clima de confidências foi rompido.

— Ah... Mande as duas entrar — gritou Elena, tomando um gole de suco de laranja. — Vou lhe contar sobre isso mais tarde — prometeu ela a tia Judith assim que os passos se aproximaram da cozinha.

Bonnie e Meredith pararam na porta, com uma formalidade incomum. Elena ficou sem jeito e esperou até que a tia saísse da cozinha para falar.

Depois deu um pigarro, os olhos fixos em um ladrilho gasto do linóleo. Ela olhou rapidamente de lado e viu que Bonnie e Meredith encaravam o mesmo ladrilho.

Ela deu uma gargalhada e as duas olharam ao ouvi-la rir.

— Estou feliz demais para ficar na defensiva — disse Elena, estendendo os braços para as duas. — E sei que devo me desculpar pelo que disse, e me desculpo *de verdade*, mas não posso ficar toda ridícula com isso. Foi terrível e mereço ser executada, e agora será que podemos fingir que nada aconteceu?

— Você *devia mesmo* se desculpar, fugindo da gente daquele jeito — Bonnie a repreendeu enquanto as três se uniam num abraço apertado.

— E com Tyler Smallwood, ainda por cima — disse Meredith.

— Bom, eu aprendi a lição quanto a isso — disse Elena, e por um momento seu humor azedou. Depois Bonnie soltou sua risada aguda.

— E você ganhou o próprio maioral... Stefan Salvatore! Mas aquilo é que foi uma entrada dramática. Quando você apareceu na porta com ele, pensei que eu estava alucinando. Como *conseguiu* isso?

— Não consegui. Ele só apareceu, como o cavaleiro de um daqueles filmes antigos.

— Defendendo a sua honra — disse Bonnie. — O que pode ser mais emocionante?

— Posso pensar em pelo menos duas coisas — disse Meredith. — Mas talvez Elena tenha cuidado disso também.

— Vou contar tudo a vocês — disse Elena, soltando-as e recuando um passo. — Mas primeiro, vocês vão na casa da Vickie comigo? Quero falar com ela.

— Pode falar *com a gente* enquanto estiver se vestindo, e enquanto estivermos andando, e enquanto estiver escovando os dentes — disse Bonnie com firmeza. — E se deixar um detalhezinho que seja de fora, vai ter que encarar a Inquisição Espanhola.

— Está vendo? — disse Meredith maliciosamente. — Todo o trabalho do Sr. Tanner está compensando. A Bonnie agora sabe que a Inquisição Espanhola não é uma banda de rock.

Elena estava entusiasmada, rindo enquanto as três subiam a escada.

A Sra. Bennett estava pálida e cansada, mas as convidou a entrar.

— Vickie esteve descansando; o médico disse para mantê-la na cama — explicou ela, com um sorriso que tremeu um pouco. Elena, Bonnie e Meredith se apertavam no corredor estreito.

A Sra. Bennett bateu de leve na porta de Vickie.

— Vickie, meu amor, umas meninas da escola querem ver você. Não demorem muito com ela — acrescentou ela a Elena, abrindo a porta.

— Não vamos demorar — prometeu Elena. Ela entrou em um lindo quarto azul e branco, com as outras duas atrás. Vickie estava estirada na cama, encostada em travesseiros, com um edredom azul claro puxado até o queixo. Seu rosto era branco feito papel contra o edredom e os olhos de pálpebras pesadas fitavam à frente.

— Era assim que ela estava ontem à noite — sussurrou Bonnie.

Elena se aproximou da cama.

— Vickie — disse ela delicadamente. Vickie continuava encarando, mas Elena pensou que sua respiração se alterara ligeiramente. — Vickie, pode me ouvir? É Elena Gilbert. — Ela olhou insegura para Bonnie e Meredith.

— Parece que deram tranquilizantes a ela — disse Meredith.

Mas a Sra. Bennett não tinha dito nada sobre ter dado algum remédio a filha. De cenho franzido, Elena voltou-se para a menina que não respondia.

— Vickie, sou eu, Elena. Só queria conversar com você sobre ontem à noite. Quero que saiba que eu acredito em você, sobre o que aconteceu. — Elena ignorou o olhar afiado que Meredith lhe lançava e continuou. — E quero te perguntar...

— Não! — Um grito, rude e penetrante, irrompeu da garganta de Vickie. O corpo que estivera imóvel como uma figura de cera explodiu numa ação violenta. Os cabelos castanho-claros de Vickie chicoteavam no rosto enquanto ela atirava a cabeça de um lado a outro e suas mãos açoitavam o vazio do ar. — Não! Não! — gritou ela.

— Faça alguma coisa! — Bonnie arfou. — Sra. Bennett! Sra. Bennett!

Elena e Meredith tentavam segurar Vickie na cama, e Vickie lutava com as duas. Os gritos continuavam. De repente, a mãe de Vickie estava ao lado delas, ajudando-as a segurar a filha, empurrando as outras.

— O que vocês fizeram com ela? — exclamou a Sra. Bennett.

Vickie se agarrou à mãe, acalmando-se, mas os olhos carregados vislumbraram Elena por sobre o ombro da Sra. Bennett.

— Você faz parte disso! Você é do mal! — gritou ela descontroladamente para Elena. — Fique longe de mim!

Elena ficou confusa.

— Vickie! Eu só vim perguntar...

— Acho que é melhor irem embora agora. Deixem-nos em paz — disse a Sra. Bennett, segurando protetoramente a filha. — Não veem o que estão fazendo com ela?

Num silêncio aturdido, Elena saiu do quarto. Bonnie e Meredith a seguiram.

— Devem ser os remédios — disse Bonnie depois que elas saíram da casa. — Ela ficou totalmente descompensada.

— Repararam nas mãos dela? — disse Meredith a Elena. — Quando tentamos segurá-la, eu peguei uma das mãos. Estava fria como gelo.

Elena sacudiu a cabeça, pasma. Nada disso fazia sentido, mas ela *não ia* deixar que isso estragasse seu dia. Não ia deixar. Desesperadamente, ela vasculhou sua mente em busca de alguma coisa que pudesse compensar a experiência, que lhe permitisse se prender a sua felicidade.

— *Eu* sei — disse ela. — A pensão.

— O quê?

— Eu disse a Stefan para me ligar hoje, mas por que não vamos até a pensão a pé? Não fica muito longe daqui.

— Só uma caminhada de vinte minutos — disse Bonnie. Ela se iluminou. — Pelo menos, finalmente poderemos ver o quarto dele.

— Na verdade — disse Elena —, eu estava pensando que vocês duas podiam ficar embaixo. Bom, eu só vou vê-lo por alguns minutos — acrescentou ela, na defensiva, enquanto as duas a olhavam. Era estranho, talvez, mas ela ainda não queria dividir Stefan com as amigas. Ele era tão novo para ela que parecia quase um segredo.

A batida na porta de carvalho foi atendida pela Sra. Flowers. Ela era uma gnoma baixinha e enrugada com olhos pretos surpreendentemente brilhantes.

— Você deve ser Elena — disse ela. — Vi você e Stefan saindo ontem à noite e ele me disse seu nome quando voltou.

— A senhora nos viu? — disse Elena, sobressaltada. — Eu não a vi.

— Não, não viu — disse a Sra. Flowers, e riu. — Que menina linda você é, minha querida — acrescentou ela. — Uma linda menina. — Ela afagou o rosto de Elena.

— Er, obrigada — disse Elena, pouco à vontade. Ela não gostava do modo como aqueles olhos de passarinho estavam fixos nela. Ela olhou da Sra. Flowers para a escada. — Stefan está?

— Deve estar, a não ser que tenha voado do telhado! — disse a Sra. Flowers, e riu de novo. Elena riu por educação.

— Vamos ficar aqui embaixo com a Sra. Flowers — disse Meredith a Elena, enquanto Bonnie revirava os olhos, martirizada. Reprimindo um sorriso, Elena assentiu e subiu a escada.

Que casa antiga e estranha, pensou ela de novo ao localizar a segunda escada no quarto. As vozes embaixo eram muito fracas ali e, enquanto ela subia os degraus, elas desapareceram inteiramente. Elena foi envolta em silêncio e teve a sensação de que entrara em outro mundo ao se aproximar da porta mal iluminada no alto.

A batida na porta foi muito tímida.

— Stefan?

Ela não conseguia ouvir nada vindo de dentro, mas de repente a porta se abriu. Todo mundo deve estar pálido e cansado hoje, pensou Elena, e em seguida ela estava nos braços dele.

Aqueles braços se estreitaram ao seu redor convulsivamente.

— Elena. Ah, Elena...

Depois ele recuou. Exatamente como fizera na noite anterior; Elena podia sentir o abismo se abrindo entre os dois. Ela viu o olhar frio e correto aparecer em seus olhos.

— Não — disse ela, mal tendo consciência de que falara em voz alta. — Eu não vou deixar. — E puxou a boca de Stefan para a dela.

Por um momento não houve reação, mas depois ele tremeu e o beijo tornou-se ardente. Seus dedos se emaranharam no cabelo de Elena e o universo encolheu em volta dela. Nada mais existia além de Stefan, a sensação de seus braços, o fogo dos lábios nos dela.

Alguns minutos ou séculos depois, eles se separaram, ambos trêmulos. Mas o olhar dos dois continuou conectado e Elena viu que os olhos de Stefan estavam dilatados demais, mesmo para aquela luz fraca; só havia uma fina faixa de verde em volta das pupilas escuras. Ele parecia tonto e a boca — aquela boca! — estava inchada.

— Acho — disse ele, e ela pôde ouvir o controle em sua voz — que é melhor termos cuidado quando fizermos isso.

Elena assentiu, ela mesma tonta. Não em público, pensava ela. E não quando Bonnie e Meredith estavam esperando no andar de baixo. E não quando eles estivessem completamente a sós, a não ser...

— Mas você pode me abraçar — disse ela.

Que estranho, depois dessa paixão ela poder se sentir tão segura, tão tranquila, nos braços dele.

— Eu te amo — sussurrou ela na lã áspera de seu suéter.

Ela sentiu que um tremor percorreu Stefan.

— Elena — disse ele de novo, soando quase desesperado.

Ela levantou a cabeça.

— Qual é o problema? O que pode haver de errado, Stefan? Você não me ama?

— Eu... — Ele olhou para ela, desamparado, e eles ouviram a voz da Sra. Flowers chamando fraquinha do pé da escada.

— Rapaz! Rapaz! Stefan! — Parecia que ela estava batendo com o sapato no corrimão.

Stefan suspirou.

— É melhor ver o que ela quer. — Ele se afastou de Elena, o rosto misterioso.

Sozinha, Elena cruzou os braços e tremeu. Estava tão frio ali. Ele devia ter uma lareira, pensou ela, os olhos percorrendo languidamente o quarto e por fim parando na cômoda de mogno que ela examinara na noite anterior.

O cofre.

Ela olhou a porta fechada. Se ele voltasse e a pegasse... Ela não devia — mas já estava indo para a cômoda.

Pense na esposa do Barba-Azul, disse ela a si mesma. A curiosidade a *matou*. Mas os dedos já estavam na tampa de ferro. Com o coração batendo acelerado, ela abriu a tampa.

Na luz fraca, o cofre em princípio parecia estar vazio e Elena soltou uma risada nervosa. O que ela esperava? Cartas de amor de Caroline? Uma adaga ensanguentada?

Depois ela viu a fina tira de seda, dobrada repetidas vezes num canto. Ela a pegou e passou entre os dedos. Era a fita cor de damasco que ela perdera no segundo dia de aula.

Ah, Stefan. As lágrimas arderam em seus olhos, e no peito o amor brotou desamparadamente, transbordando. Tanto tempo assim? Você gosta de mim há tanto tempo assim? Ah, Stefan, eu te amo...

E não importa se você não pode me dizer o mesmo, pensou ela. Ela ouviu um som do lado de fora da porta e dobrou rapidamente a fita, recolocando-a no cofre. Depois se virou para a porta, piscando para se livrar das lágrimas.

Não importa que não possa dizer isso agora. Eu direi por nós dois. E um dia você vai aprender a dizer.

10

7 de outubro, cerca de 8h

Querido Diário,
Estou escrevendo isso durante a aula de trigonometria e espero que a Srta. Halpern não me veja.

Não tive tempo para escrever ontem à noite, embora eu quisesse. Ontem foi um dia louco e confuso, exatamente como na noite do Baile do Reencontro. Sentada aqui na escola agora, eu quase sinto que tudo o que aconteceu neste fim de semana foi um sonho. As coisas ruins foram péssimas, mas as boas foram muito, muito boas.

Não vou dar queixa contra Tyler na polícia. Mas ele foi suspenso da escola e expulso do time de futebol. O Dick também, por ficar bêbado no baile. Ninguém está *dizendo isso, mas acho que um monte de gente pensa que ele foi responsável pelo que aconteceu com Vickie. A irmã da Bonnie viu Tyler na clínica ontem e disse que os olhos dele estavam pretos e a cara roxa. Não posso deixar de me preocupar com o que vai acontecer quando ele e Dick voltarem para a escola. Agora eles têm mais motivos do que nunca para odiar Stefan.*

O que me leva a Stefan. Quando acordei hoje de manhã, entrei em pânico, pensando: "E se tudo isso não for verdade? E se nunca aconteceu, ou se ele mudou de ideia?" E tia Judith estava preocupada no café da manhã porque eu não consegui comer de novo. Mas quando cheguei na escola e o vi no corredor perto da secretaria, ficamos nos olhando. E entendi. Antes de se afastar, ele sorriu, meio torto. E eu entendi isso também, ele tinha razão, era melhor a gente não se agarrar num corredor público, a não ser que a gente queira alegrar a vida das secretárias.

Estamos definitivamente juntos. Agora eu só tenho que descobrir um jeito de explicar tudo isso a Jean--Claude. Rá rá.

O que não entendo é por que Stefan não está tão feliz com isso quanto eu. Quando estamos juntos, posso sentir como ele se sente e sei o quanto ele me quer, o quanto gosta de mim. Quando me beija, é como se uma fome desesperada pulsasse dentro dele, como se quisesse arrancar minha alma do corpo. Parece um buraco negro que

Ainda 7 de outubro, agora mais ou menos 14h

Bom, uma pequena pausa porque a Srta. Halpern me pegou. Ela até começou a ler em voz alta o que eu tinha escrito, mas então acho que o assunto a constrangeu, seus óculos embaçaram e ela parou. Ela é do tipo Nada Divertido. Estou feliz demais para me importar com coisas menores como a porcaria da trigonometria.

Stefan e eu almoçamos juntos, ou pelo menos fomos para um canto do campo e nos sentamos com meu almoço. Ele nem se incomodou em trazer nada e é claro que por acaso eu também não consegui comer. Não nos tocamos muito — nós não nos tocamos — mas conversamos e nos olhamos demais. Eu quero tocá-lo. Mais do que qualquer menino que tenha conhecido. E sei que ele quer isso também, mas ele se reprime comigo.

É isso que eu não entendo, por que ele reprime, por que ele se segura tanto. Ontem, no quarto dele, encontrei uma prova de que ele andou me observando desde o início. Lembra como eu contei que no segundo dia de aula a Bonnie, a Meredith e eu estávamos no cemitério? Bom, ontem, no quarto de Stefan, eu encontrei a fita damasco que eu usava no cabelo naquele dia. Lembro que ela caiu da minha mão quando eu estava correndo, e ele deve ter pego e guardado. Eu nem disse a ele que sei, porque ele obviamente quer guardar segredo disso, mas isso mostra, não mostra?, que ele gosta de mim.

Vou te falar de outra pessoa que é do tipo Nada Divertido. Caroline. Ao que parece, ela andou arrastando Stefan para a sala de fotografia todo dia na hora do almoço, e quando ele não apareceu hoje ela saiu para procurar até que nos encontrou. Coitado do Stefan, ele tinha se esquecido totalmente dela e ficou impressionado consigo mesmo. Depois que ela saiu — com um tom verde desagradável e doentio de raiva, devo acrescentar — ele me contou como Caroline grudou nele na primeira semana de aula. Ela disse que percebeu que ele não comia realmente no almoço e nem ela, porque desde então ela estava de dieta, então por que eles não iam a um lugar sossegado para relaxar? Ele não disse nada de ruim sobre ela (o que acho que é de novo o conceito dele de boas maneiras, um cavalheiro não faz isso), mas ele disse que não houve absolutamente nada entre os dois. E quanto a Caroline, acho que ser esquecida foi pior do que se ele tivesse atirado pedras nela.

Mas fico me perguntando por que Stefan não almoça. É estranho para um jogador de futebol americano.

Epa. O Sr. Tanner acaba de passar e eu botei meu caderno em cima do diário bem a tempo. Bonnie está dando risadinhas atrás de seu livro de história, eu posso ver os ombros dela tremendo. E Stefan, que está na minha frente, parece tenso como se estivesse prestes a saltar da cadeira a qualquer momento. Matt está me olhando de um jeito "sua doida" e Caroline me encara feio. Estou sendo muito, muito inocente, escrevendo com os olhos fixos na cara de Tanner. Assim, se isto ficar meio torto e bagunçado, você vai entender por quê.

No último mês, nem tenho sido eu mesma. Não tenho conseguido pensar claramente nem me concentrar em nada, só em Stefan. Há tanta coisa que deixei por fazer que chega a me dar medo. Eu devia estar encarregada da decoração da Casa Mal-Assombrada e não fiz nadinha ainda. Agora tenho exatamente três semanas e meia para organizar tudo — e quero estar com Stefan.

Eu posso sair do comitê. Mas isso deixaria o trabalho todo com Bonnie e Meredith. E eu fico me lembrando do que Matt disse quando eu pedi a ele para levar Stefan no baile: "Você quer tudo e todos girando em torno de Elena Gilbert."

Isso não é verdade. Ou, pelo menos, pode ter sido antigamente, mas não vou deixar mais que seja verdade. Eu quero — ah, isso vai parecer uma completa idiotice, mas eu quero ser digna de Stefan. Sei que ele não decepcionaria os meninos do time só porque é mais conveniente para ele. Quero que ele tenha orgulho de mim.

Quero que ele me ame tanto quanto eu o amo.

— Rápido! — gritou Bonnie da porta do ginásio. Ao lado dela, o zelador do colégio, o Sr. Shelby, estava esperando.

Elena deu uma última olhada para as figuras distantes no campo de futebol, depois atravessou com relutância o asfalto para se juntar a Bonnie.

— Eu só queria dizer a Stefan aonde eu vou — disse ela. Depois de uma semana com Stefan, ela ainda sentia um arrepio só de pronunciar o nome dele. Esta semana, toda noite ele foi à casa dela, aparecendo na porta lá pelo pôr do sol, de mãos nos bolsos, usando sua jaqueta com a gola erguida. Depois, em geral eles iam dar uma caminhada, ou ficavam sentados na varanda, conversando. Embora não dissessem nada sobre isso, Elena sabia que essa era a maneira de Stefan ter certeza de que eles não ficavam juntos sozinhos. Protegendo a honra dela, pensou Elena maliciosamente e com angústia, porque ela sabia, no fundo, que havia mais do que isso nessa história.

— Ele pode viver sem você por uma noite — disse Bonnie com indiferença. — Se você ficar falando com ele, nunca vai sair, e *eu* quero chegar em casa a tempo para pegar alguma coisa do jantar.

— Oi, Sr. Shelby — disse Elena ao zelador, que ainda esperava pacientemente. Para surpresa dela, ele fechou um olho numa piscadela solene. — Cadê a Meredith? — acrescentou ela.

— Aqui — disse uma voz de trás, e Meredith apareceu com uma caixa de papelão com pastas de arquivo e blocos nos braços. — Peguei essas coisas no seu armário.

— Já estão todas aqui? — disse o Sr. Shelby. — Muito bem, agora, tratem de deixar a porta bem trancada, entenderam? Assim ninguém pode entrar.

Bonnie, prestes a entrar, parou de repente.

— Tem certeza de que ninguém já está aí dentro *mesmo*? — disse ela preocupada.

Elena lhe deu um empurrão.

— Rápido — imitou ela com maldade. — Quero chegar em casa a tempo para o jantar.

— Não há ninguém aí dentro — disse o Sr. Shelby, a boca se retorcendo sob o bigode. — Mas gritem se quiserem alguma coisa. Eu vou ficar por perto.

A porta bateu atrás delas com um som curiosamente definitivo.

— Ao trabalho — disse Meredith com resignação, colocando a caixa no chão.

Elena assentiu, olhando o salão vazio. Todo ano o Conselho de Alunos montava uma Casa Mal-Assombrada para levantar fundos. Elena era do comitê de decoração há dois anos, junto com Bonnie e Meredith, mas era diferente de ser presidente. Elena tinha de tomar decisões que afetariam a todos e não podia usar o que fizera nos anos anteriores.

A Casa Mal-Assombrada em geral era montada em um depósito de madeira mas, com a crescente inquietude na cidade, ficou decidido que o ginásio da escola era mais seguro. Para Elena, isso significava repensar toda a decoração, e com menos de três semanas até o Halloween.

— Aqui é bem sinistro — disse Meredith em voz baixa. E *havia* alguma coisa perturbadora em estar num grande espaço fechado, pensou Elena. Ela se viu baixando o tom de voz.

— Vamos medir primeiro — disse ela. Elas andaram pelo salão, os passos ecoando.

— Tudo bem — disse Elena quando terminaram. — Vamos tratar de trabalhar. — Ela tentou se livrar da intranquilidade, dizendo a si mesma que era ridículo se sentir insegura no ginásio da escola, com Bonnie e Meredith ao lado dela e todo um time de futebol treinando a menos de 200 metros de distância.

As três se sentaram na arquibancada com canetas e blocos na mão. Elena e Meredith consultaram os esboços de decoração dos anos anteriores, enquanto Bonnie mordia a caneta e olhava em volta pensativamente.

— Bom, aqui está o ginásio — disse Meredith, fazendo um esboço rápido no bloco. — E as pessoas terão de entrar por aqui. Agora, podemos ter o Cadáver Sangrento na ponta... Aliás, quem vai ser o Cadáver Sangrento este ano?

— O treinador Lyman, eu acho. Ele fez um bom trabalho no ano passado e ainda ajuda a manter os meninos do futebol na linha. — Elena apontou seu esboço. — Tudo bem, vamos colocar uma divisória aqui e fazer a Câmara de Tortura Medieval. Eles vão sair direto dela e dar na Sala dos Mortos-Vivos...

— Acho que precisamos ter druidas — disse Bonnie de repente.

— Ter o quê? — disse Elena, e depois, enquanto Bonnie começava a gritar "*druuui*-das", ela agitou a mão, acalmando-a. — Tá legal, tá legal, eu me lembro. Mas por quê?

— Porque foram eles que inventaram o Halloween. É verdade. No início era um de seus dias sagrados, quando eles faziam fogueiras e entalhavam rostos em nabos para afastar os espíritos do mal. Eles acreditavam que este era o dia em que a fronteira entre os vivos e os mortos era a mais fina. E eles tinham medo, Elena. Faziam sacrifícios humanos. Podemos sacrificar o treinador Lyman.

— Na verdade, não é uma ideia tão ruim — disse Meredith. — O Cadáver Sangrento pode ser um sacrifício. Sabe como é, em um altar de pedra, com uma faca e poças de sangue em volta. E depois, quando você chegar bem perto, ele de repente se senta.

— E você tem um ataque cardíaco — disse Elena, mas ela precisava admitir que *era mesmo* uma boa ideia, definitivamente de dar medo. Fez com que se sentisse um pouco menos nauseada de pensar nisso. Todo aquele sangue... Mas na verdade era só xarope de groselha.

As outras meninas também ficaram em silêncio. Do vestiário masculino ao lado, elas podiam ouvir o som de água correndo e portas de armário batendo e, por cima disso, gritos de vozes indistintas.

— O treino acabou — murmurou Bonnie. — Deve estar escuro lá fora.

— Sim, e o Nosso Herói está todo limpinho — disse Meredith, erguendo uma sobrancelha para Elena. — Quer dar uma espiada?

— Eu quero — disse Elena, brincando. De algum modo, de um jeito indefinível, o ambiente ficou sombrio. No momento em que ela *desejou* ver Stefan, quis estar com ele. — Soube de mais alguma coisa sobre Vickie Bennett? — perguntou ela de repente.

— Bom — disse Bonnie, depois de um momento —, eu soube que os pais dela estão levando a garota a um psiquiatra.

— Um psiquiatra? E por quê?

— Bom... Acho que eles pensam que aquelas coisas que ela nos contou foram algum tipo de alucinação. E eu soube que os pesadelos dela são horríveis.

— Ah — disse Elena. Os sons do vestiário dos meninos diminuíam e elas ouviram uma porta bater do lado de fora. Alucinações, pensou ela, alucinações e pesadelos. Por algum motivo, ela de repente se lembrou daquela noite no cemitério, a noite em que Bonnie mandou que todas corressem de alguma coisa que nenhuma delas podia ver.

— É melhor voltar ao nosso trabalho — disse Meredith. Elena se sacudiu para se livrar dos devaneios e assentiu.

— A gente... A gente pode ter um cemitério — disse Bonnie insegura, como se estivesse lendo os pensamentos de Elena. — Na Casa Mal-Assombrada, quero dizer.

— *Não* — disse Elena asperamente. — Não, vamos ficar com o que temos — acrescentou ela com uma voz mais calma e voltou a se curvar sobre o bloco.

Mais uma vez não houve som algum, a não ser o raspar suave das canetas e o farfalhar de papéis.

— Que bom — disse Elena por fim. — Agora só precisamos medir as diferentes seções. Alguém vai ter que ir para trás das arquibancadas... O que é agora?

As luzes do ginásio piscaram e caíram à metade de sua força.

— Ah, *não* — disse Meredith, exasperada. As luzes piscaram de novo, apagaram e voltaram fracas mais uma vez.

— Não consigo ler nada — disse Elena, olhando o que agora parecia ser uma folha indefinível de papel banco. Ela olhou para Bonnie e Meredith e viu dois glóbulos brancos no lugar do rosto.

— Deve haver alguma coisa errada com o gerador de emergência — disse Meredith. — Vou chamar o Sr. Shelby.

— Não podemos esperar até amanhã? — disse Bonnie com melancolia.

— Amanhã é sábado — disse Elena. — E a gente devia terminar isso esta semana.

— Vou chamar o Shelby — disse Meredith de novo. — Vem, Bonnie, você vai comigo.

Elena começou: — A gente pode ir... — mas Meredith a interrompeu.

— Se todas formos e não conseguirmos encontrá-lo, então não vamos poder voltar. Vem, Bonnie, é só dentro da escola.

— Mas está *escuro* lá.

— Está escuro em todo lugar; é noite. *Vamos*; em dupla, será mais seguro. — Ela arrastou uma Bonnie de má vontade para a porta. — Elena, não deixe ninguém mais entrar.

— Até parece que precisa me dizer isso — disse Elena, abrindo a porta para as duas e olhando-as seguir alguns passos pelo corredor. Quando elas começaram a se misturar com o escuro, Elena recuou para dentro e fechou a porta.

Bem, isso estava uma boa droga, como sua mãe costumava dizer. Elena se aproximou da caixa de papelão que Meredith tinha trazido e começou a empilhar as pastas e blocos ali dentro. Naquela luz, ela só podia vê-los como formas vagas. Não havia som nenhum, exceto sua própria respiração e os ruídos que ela produzia. Ela estava sozinha na sala imensa e escura...

Alguém a observava.

Ela não entendia como sabia, mas tinha certeza. Alguém estava atrás dela no ginásio escuro, olhando. *Olhos no escuro*, dissera o velho. Vickie tinha dito isso também. E agora aqueles olhos estavam nela.

Ela girou rapidamente para ficar de frente para o salão, esforçando-se para enxergar nas sombras, tentando não respirar. Morria de medo de que a coisa saísse de onde estava para pegá-la se ela fizesse um som que fosse. Mas não conseguia ver nada, não ouvia nada.

As arquibancadas estavam às escuras, formas ameaçadoras se estendendo para o nada. E na extremidade do salão havia simplesmente uma névoa cinza e indefinida. Uma neblina escura, pensou ela, e pôde sentir cada músculo agonizante de tensão enquanto tentava desesperadamente ouvir. Ah, meu Deus, o que era esse sussurro suave? Devia ser sua imaginação... Por favor, que seja só sua imaginação.

De repente, sua mente ficou clara. Ela precisava sair daquele lugar *agora*. Havia um perigo de verdade ali, não era só fantasia. Alguma coisa estava ali, algo maligno, algo que a queria. E ela estava completamente sozinha.

Alguma coisa se moveu nas sombras.

Seu grito ficou paralisado na garganta. Os músculos também paralisaram, mantendo-a imóvel por causa do terror — e por alguma força sem nome. Desamparada, ela viu a forma no escuro se afastar das sombras em sua direção. Era quase como se a própria escuridão tivesse ganhado vida e estivesse se fundindo enquanto ela olhava, tomando forma — uma forma humana, a forma de um jovem.

— Desculpe por ter assustado você.

A voz era agradável, com um leve sotaque que ela não conseguiu identificar. Não parecia lamentar nada.

O alívio foi tão repentino e completo que chegou a doer. Ela arriou os ombros e ouviu a própria respiração sair num suspiro.

Era só um cara, um ex-aluno ou assistente do Sr. Shelby. Só um garoto comum, com um sorrisinho, como se fosse divertido ver Elena quase desmaiar.

Bom... Talvez não muito comum. Ele era extraordinariamente bonito. Seu rosto era pálido no crepúsculo artificial, mas ela podia ver que as feições eram bem definidas e quase perfeitas sob o emaranhado de cabelos pretos. Aquelas maçãs do rosto eram o sonho de um escultor. E ele estava quase invisível, porque usava preto: botas pretas e macias, jeans pretos, suéter preto e jaqueta de couro preta.

Ele ainda estava com o sorrisinho. O alívio de Elena se transformou em raiva.

— Como foi que você entrou? — perguntou ela. — E o que está fazendo aqui? Ninguém mais deveria entrar no ginásio.

— Eu entrei pela porta — disse ele. Sua voz era suave, refinada, mas ela ainda podia perceber um tom de diversão e achou isso desconcertante.

— Todas as portas estão trancadas — replicou ela num tom categórico e acusador.

Ele ergueu as sobrancelhas e sorriu.

— Estão mesmo?

Elena sentiu outro tremor de medo, os pelos da nuca se eriçando.

— Deviam estar — disse ela com a voz mais fria que conseguiu fazer.

— Você está zangada — observou ele gravemente. — Eu pedi desculpas por deixá-la com medo.

— Eu não tive medo! — rebateu ela. Elena se sentia tola diante dele, como uma criança ouvindo a condescendência de alguém mais velho e mais inteligente. Isso a deixou ainda mais furiosa. — Só tomei um susto — continuou ela. — O que não é de admirar, com você zanzando pelo escuro desse jeito.

— Coisas interessantes acontecem no escuro... Às vezes. — Ele ainda ria para ela; ela sabia, pelos olhos dele. Ele se aproximou um passo e ela pôde ver que aqueles olhos não eram comuns, eram quase pretos, mas tinham uma luz estranha. Como se fosse possível olhar cada vez mais fundo até cair neles, e cair para sempre.

Ela percebeu que estava o encarando. Por que as luzes não se acendiam? Elena queria sair dali. Ela se afastou, colocando a ponta de uma arquibancada entre os dois, e empilhou as últimas pastas na caixa. Esqueça o resto do trabalho por esta noite. Só o que ela queria fazer era ir embora.

Mas o silêncio prolongado a deixou inquieta. Ele só estava parado ali, sem se mexer, olhando para ela. Por que ele não dizia nada?

— Veio procurar alguém? — Ela ficou irritada consigo mesma por ser a primeira a falar.

Ele ainda a fitava, aqueles olhos escuros fixos de um jeito que a deixava cada vez menos à vontade. Elena engoliu em seco.

Com os olhos nos lábios dela, ele murmurou:
— Ah, sim.
— Que foi? — Ela se esqueceu do que perguntara. Seu rosto e a garganta queimavam, ardendo com o calor do sangue. Ela se sentia tão tonta. Se ao menos ele parasse de *olhar* para ela...

— Sim, eu procuro alguém — repetiu ele, não mais alto do que antes. Depois, num passo só, aproximou-se dela de modo que eles estavam separados apenas pelo canto de um banco.

Elena não conseguia respirar. Ele estava tão perto. Perto o bastante para tocar nela. Ela podia sentir um leve odor de sua colônia e o couro da jaqueta. E os olhos ainda estavam fixos nos dela — Elena não conseguia se desviar deles. Não se pareciam com nada que ela vira, escuros como a meia-noite, as pupilas dilatadas como de um gato. Eles encheram sua visão enquanto ele se inclinava, tombando a cabeça para a dela. Ela sentiu os próprios olhos semicerrarem, perdendo o foco. Sentiu a cabeça tombar para trás, os lábios se separarem.

Não! Bem a tempo, ela virou a cabeça de lado. Parecia que tinha sido puxada da beira de um precipício. O que eu estou fazendo?, pensou ela, chocada. Eu estava prestes a deixar que ele me beijasse. Um estranho completo, alguém que só conheço há alguns minutos.

Mas o pior não era isso. Por aqueles poucos minutos, aconteceu uma coisa inacreditável. Por aqueles poucos minutos, ela se esquecera de Stefan.

Mas agora a imagem dele enchia sua mente, o desejando tanto que era como uma dor física em seu corpo. Ela queria Stefan, queria seus braços em volta dela, queria estar segura com ele.

Ela engoliu em seco. Suas narinas inflaram, Elena respirava com dificuldade. Ela tentou manter a voz estável e majestosa.

— Vou sair agora — disse ela. — Se está procurando alguém, acho melhor procurar em outro lugar.

Ele olhava para ela de um jeito estranho, com uma expressão que ela não compreendia. Era um misto de irritação e respeito rancoroso — e outra coisa. Algo quente e feroz que a amedrontava de um jeito diferente.

Ele esperou para responder até que a mão de Elena estivesse na maçaneta e sua voz era suave mas séria, sem vestígio de diversão.

— Talvez eu já tenha encontrado... Elena.

Quando se virou, ela não conseguiu ver nada, só a escuridão.

11

Elena cambaleou pelo corredor escuro, tentando visualizar o que a cercava. Depois o mundo de repente palpitou num clarão e ela se viu cercada por filas conhecidas de armários. Seu alívio foi tão grande que ela quase gritou. Nunca pensou que ficaria tão feliz só por *enxergar*. Ela ficou parada por um minuto, olhando em volta, agradecida.

— Elena! O que está fazendo aqui?

Eram Meredith e Bonnie, disparando pelo corredor na direção dela.

— *Onde vocês estavam?* — disse ela, zangada.

Meredith fez uma careta.

— Não conseguíamos encontrar o Shelby. E quando finalmente o encontramos, ele estava dormindo. Estou falando sério — acrescentou ela, vendo o olhar de incredulidade de Elena. — Dormindo. E depois não conseguimos acordá-lo. Foi só quando as luzes voltaram que ele abriu os olhos. Depois começamos a procurar por você. Mas o que está fazendo *aqui*?

Elena hesitou.

— Eu cansei de esperar — disse ela com a maior leveza que pôde. — De qualquer modo, acho que já trabalhamos o bastante por hoje.

— E agora é que ela diz isso — falou Bonnie.

Meredith não disse nada, mas olhou para Elena de um jeito incisivo e curioso. Elena teve a sensação desagradável de que aqueles olhos escuros enxergavam por baixo da superfície.

Durante todo o fim de semana e na semana seguinte, Elena trabalhou nos planos para a Casa Mal-Assombrada. Nunca havia tempo suficiente para ficar com Stefan e isso era frustrante, mas ainda mais frustrante era o próprio Stefan. Ela podia sentir a paixão dele por ela, mas também podia sentir que ele lutava, ainda se recusava a ficar totalmente a sós com ela. E de muitas maneiras permanecia envolto pelo mesmo mistério que Elena percebera quando o viu pela primeira vez.

Ele nunca falava da família ou de sua vida antes de ir para Fell's Church e, se ela fizesse alguma pergunta, ele fugia do assunto. Uma vez ela perguntou se ele sentia falta da Itália, se lamentava estar ali. E por um instante seus olhos se iluminaram, o verde faiscando como folhas de carvalho refletidas num regato. "Como posso me lamentar, se *você* está aqui?", disse ele, beijando-a de um jeito que eliminou todas as indagações de sua mente. Naquele momento, Elena sabia como era ser inteiramente feliz. Ela também sentia a alegria dele e, quando ele recuou, viu que seu rosto estava iluminado, como se o sol brilhasse nele.

— Ah, Elena — sussurrou ele.

Os bons momentos eram assim. Mas ultimamente ele a beijava com uma frequência cada vez menor e ela sentia a distância se ampliar entre os dois.

Na sexta-feira, ela, Bonnie e Meredith decidiram dormir na casa dos McCullough. O céu estava cinzento e ameaçava chuviscar enquanto ela e Meredith iam a pé para a casa de Bonnie. Estava estranhamente frio para meados de outubro e as árvores que margeavam a rua silenciosa já sentiam o efeito dos ventos frios. Os bordos eram uma chama de escarlate, enquanto os ginkgos eram de um amarelo radiante.

Bonnie as recebeu na porta.

— Todo mundo saiu! Temos a casa toda só para nós até amanhã à tarde, quando minha família volta de Leesburg. — Ela as conduziu para dentro, pegando o pequinês gordo que tentava sair. — Não, Yangtze, fique aqui. Yangtze, não-não! Não!

Mas era tarde demais. Yangtze tinha escapado e disparava pelo jardim para o bordo solitário, onde latiu estridentemente para um dos galhos, os rolos de gordura no dorso se balançando.

— Ah, o que ele está perseguindo *agora*? — disse Bonnie, colocando as mãos nas orelhas.

— Parece um corvo — disse Meredith.

Elena enrijeceu. Deu alguns passos até a árvore, olhando as folhas douradas. E lá estava. O mesmo corvo que já vira duas vezes. Talvez três, pensou ela, lembrando-se da forma escura voando dos carvalhos no cemitério.

Enquanto olhava, Elena sentiu o estômago encolher de medo e as mãos ficarem frias. Ele a fitava novamente com o olho negro e brilhante, um olhar quase humano. Aqueles olhos... Onde ela vira olhos assim?

De repente as três meninas pularam para trás, quando o corvo soltou um grasnado áspero e bateu as asas, irrompendo das árvores para elas. No último momento, ele desceu no cachorrinho, que agora latia sem parar. Chegou a centímetros dos dentes caninos e subiu de novo, voando sobre a casa e desaparecendo nas nogueiras escuras mais além.

As três meninas ficaram paralisadas de medo. Depois Bonnie e Meredith se olharam, e a tensão se desfez numa gargalhada nervosa.

— Por um momento pensei que ele vinha para cima de nós — disse Bonnie, indo até o pequinês ultrajado e arrastando-o, ainda latindo, para a casa.

— Eu também — disse Elena em voz baixa. E embora seguisse as amigas para dentro, não pôde rir junto com as duas.

Mas depois que ela e Meredith largaram suas coisas, a noite caiu num padrão familiar. Era difícil continuar inquieta sentada na sala de estar abarrotada de Bonnie, ao lado de uma lareira que rugia, com uma xícara de chocolate quente na mão. Logo as três estavam discutindo os últimos planos para a Casa Mal-Assombrada, e Elena relaxou.

— Estamos indo muito bem — disse Meredith por fim. — É claro que passamos tanto tempo imaginando as fantasias de todo mundo que acabamos nem pensando nas nossas.

— A minha é fácil — disse Bonnie. — Vou ser uma sacerdotisa druida, e só preciso de uma guirlanda de folhas de carvalho no cabelo e um manto branco. Mary e eu podemos costurar um numa noite.

— Acho que vou ser uma bruxa — disse Meredith, pensativa. — Só preciso de um vestido longo e preto. E você, Elena?

Elena sorriu.

— Bom, devia ser segredo, mas... Tia Judith me levou a um costureiro. Encontrei uma foto de um vestido renascentista em um dos livros que usei em meu seminário, e vamos copiar. É seda veneziana, azul-gelo, absolutamente lindo.

— Parece bonito mesmo — disse Bonnie. — E caro.

— Estou usando meu próprio dinheiro, do fundo dos meus pais. Só espero que Stefan goste. É uma surpresa para ele, e... Bom, só espero que ele goste.

— O que o Stefan vai ser? Ele está ajudando com a Casa Mal-Assombrada? — perguntou Bonnie com curiosidade.

— Não sei — disse Elena depois de um instante. — Ele não parece muito animado com toda a história de Halloween.

— É difícil vê-lo todo enrolado em lençóis rasgados e coberto de sangue falso como os outros meninos — concordou Meredith. — Ele parece... Bom, nobre demais para isso.

— Já sei! — disse Bonnie. — Sei exatamente o que ele pode ser, e ele nem vai precisar se fantasiar tanto. Olha, ele é estrangeiro, é meio pálido, tem um jeito meditativo maravilhoso... Coloque um fraque nele e você tem um Conde Drácula perfeito!

Elena sorriu a contragosto.

— Bom, vou perguntar a ele — disse ela.

— E por falar em Stefan — disse Meredith, os olhos escuros nos de Elena —, como vão as coisas?

Elena suspirou, olhando para o fogo.

— Não... sei muito bem — disse ela por fim, lentamente. — Tem horas em que tudo é maravilhoso, depois há outras ocasiões em que...

Meredith e Bonnie trocaram um olhar, e Meredith falou delicadamente.

— Outras ocasiões em que...?

Elena hesitou, debatendo-se. Depois tomou uma decisão.

— Só um minutinho — disse ela, levantando-se e correndo pela escada. Ela voltou com um pequeno caderno com capa de veludo azul nas mãos.

— Escrevi parte disso ontem à noite, quando não conseguia dormir — confessou ela. — Isto exprime melhor do que posso falar agora. — Ela encontrou a página, respirou fundo e começou:

"*17 de outubro*
"*Querido Diário,*
"*Sinto-me péssima esta noite e tenho que dividir isso com alguém.*
"*Tem alguma coisa errada entre mim e Stefan. Há aquela tristeza horrível dentro dele que eu não consigo alcançar e ela está nos separando, eu não sei o que fazer.*
"*Não suporto a ideia de perdê-lo. Mas ele está muito infeliz com alguma coisa e, se ele não me contar o que é, se ele não confia tanto em mim, não vejo nenhuma esperança para nós.*

> "Ontem, enquanto ele me abraçava, senti uma coisa macia e redonda por baixo da camisa dele, algo numa corrente. Perguntei a ele, de brincadeira, se era um presente de Caroline. E ele ficou paralisado e não falou mais. Foi como se ele de repente estivesse a mil quilômetros de mim e os olhos dele... Havia tanta dor nos olhos dele que eu mal consegui suportar."

Elena parou de ler e acompanhou com os olhos as últimas frases escritas no diário. *Senti como se alguém o tivesse magoado muito no passado e ele nunca tivesse superado. Mas também acho que é alguma coisa que ele teme, um segredo que ele tem medo que eu descubra. Se eu soubesse o que era, poderia provar que ele pode confiar em mim. Que ele pode confiar em mim, independentemente do que acontecer, até o fim.*

— Se eu soubesse — sussurrou ela.

— Se você soubesse o quê? — disse Meredith e Elena olhou para ela, sobressaltada.

— Ah... Se eu soubesse o que vai acontecer — disse ela rapidamente, fechando o diário. — Quer dizer, se eu soubesse que um dia vamos terminar, acho que eu simplesmente acabaria com isso. E se eu soubesse que tudo ia ficar bem no final, não me importaria em nada com o que acontece agora. Mas é horrível passar um dia depois do outro sem ter certeza de nada.

Bonnie mordeu o lábio, sentou-se ereta, os olhos faiscando.

— Posso te mostrar um jeito de descobrir, Elena — disse ela. — Minha avó me contou como descobrir quem vai se casar com você. Chama-se jantar mudo.

— Deixe-me adivinhar, um velho truque de druidas — disse Meredith.

— Não sei se é tão antigo — disse Bonnie. — Minha avó disse que sempre existiram jantares mudos. Mas, de qualquer forma, funciona. Minha mãe viu a imagem de meu pai quando tentou e um mês depois eles se casaram. É fácil, Elena; e o que você tem a perder?

Elena olhou de Bonnie para Meredith.

— Não sei — disse ela. — Mas olha, você não acredita realmente...

Bonnie endireitou o corpo, parecendo ofendida.

— Está chamando a minha mãe de mentirosa? Ah, dá um tempo, Elena, não custa nada tentar. Por que não?

— O que a gente tem que fazer? — disse Elena, em dúvida. Ela se sentia estranhamente intrigada, mas ao mesmo tempo tinha medo.

— É simples. Temos que preparar tudo antes de bater a meia-noite...

Faltando cinco minutos para a meia-noite, Elena estava de pé na sala de estar dos McCullough, sentindo-se mais boba do que qualquer outra coisa. Do quintal, podia ouvir os latidos frenéticos de Yangtze, mas dentro da casa o único som era o bater sem pressa do relógio de pêndulo. Seguindo as instruções de Bonnie, ela colocou um prato, um copo e um jogo de talheres na mesa grande e escura de nogueira, o tempo todo sem dizer nada. Depois, acendeu uma única vela no candelabro no meio da mesa e se posicionou atrás da cadeira, de frente para o prato.

De acordo com Bonnie, no soar da meia-noite ela devia puxar a cadeira e convidar seu futuro marido a entrar. A essa altura, a vela se apagaria e ela veria uma figura espectral na cadeira.

Mais cedo, ela ficou meio inquieta com isso, sem ter certeza se queria ver *alguma* figura espectral, mesmo do possível marido. Mas agora a coisa toda parecia tola e inofensiva. Enquanto o relógio começava a soar, ela endireitou o corpo e segurou bem as costas da cadeira. Bonnie lhe dissera para só soltar quando a cerimônia acabasse.

Ah, isso *era mesmo* muito bobo. Talvez ela não dissesse as palavras... Mas quando o relógio começou a soar a hora, ela se ouviu falando.

— Entre — disse ela, constrangida, para a sala vazia, puxando a cadeira. — Entre, entre...

A vela apagou.

Elena encarou a escuridão súbita. Sentiu o vento, uma lufada fria que apagou a vela. Vinha de trás, das portas francesas, e ela se virou rapidamente, uma das mãos ainda na cadeira. Ela teria jurado que as portas se fecharam.

Alguma coisa se moveu na escuridão.

O terror tomou Elena, eliminando seu constrangimento e qualquer vestígio de diversão. Ah, meu Deus, o que ela tinha feito, o que trouxera para si? O coração se contraiu e parecia que ela tinha sido lançada, de repente, no pesadelo mais apavorante. Não só estava escuro, como também completamente silencioso; não havia nada para ver e nada para ouvir, e ela estava caindo...

— Permita-me — disse uma voz, e uma chama forte crepitou no escuro.

Por um instante terrível e nauseante ela pensou que era Tyler, lembrando-se de seu isqueiro na igreja em ruínas da colina. Mas enquanto a vela na mesa voltava a brilhar, ela viu a mão pálida de dedos longos que se estendia. Não era o punho carnudo e vermelho de Tyler. Por um instante ela pensou que fosse de Stefan, depois seus olhos se ergueram até o rosto.

— Você! — disse ela, surpresa. — O que acha que está fazendo *aqui*? — Ela olhou dele para as portas francesas, que estavam abertas, mostrando o gramado lateral. — Você sempre entra na casa dos outros sem ser convidado?

— Mas você me convidou a entrar. — Sua voz era idêntica à que ela se lembrava, baixa, irônica e maliciosa. Ela também se lembrava do sorriso. — Obrigado — acrescentou ele, e graciosamente se sentou na cadeira que ela puxara.

Ela tirou repentinamente a mão das costas.

— Eu não estava convidando *você* — replicou Elena impotente, presa entre a indignação e o constrangimento. — O que estava fazendo rondando a casa de Bonnie?

Ele sorriu. À luz da vela, o cabelo preto brilhava tanto que parecia ser líquido; macio e fino demais para um cabelo humano. Seu rosto era muito pálido, mas ao mesmo tempo completamente atraente. E os olhos pegaram os dela e se fixaram neles.

— "Helena, tua beleza é para mim como os barcos vitoriosos de outrora, que gentilmente, sobre o perfumado mar..."

— Acho melhor ir embora agora. — Ela não queria que ele falasse mais. Sua voz lhe provocava coisas esquisitas, fazia-a se sentir estranhamente fraca, começava a derreter em seu estômago. — Não devia estar aqui. Por favor. — Ela estendeu a mão para a vela, ameaçando pegá-la e deixá-lo sozinho, reprimindo a vertigem que ameaçava dominá-la.

Mas antes que ela pudesse pegar a vela, ele fez uma coisa extraordinária. Pegou a mão estendida de Elena, não com brusquidão, mas gentilmente, e a segurou nos dedos magros e frios. Depois virou a mão, tombou a cabeça e beijou sua palma.

— Não... — sussurrou Elena, atordoada.

— Venha comigo — disse ele, olhando nos olhos dela.

— Por favor. Não... — sussurrou ela de novo, o mundo girando a seu redor. Do que ele estava falando? Ir com ele para onde? Mas ela se sentia tão tonta, tão fraca.

Ele estava de pé, apoiando-a. Ela se encostou nele, sentiu aqueles dedos frios no primeiro botão da blusa em seu pescoço.

— Por favor, não...

— Está tudo bem. Você verá. — Ele afastou sua blusa do pescoço, a outra mão atrás de sua cabeça.

— *Não.* — De repente, a força lhe voltou e ela se afastou bruscamente dele, tropeçando na cadeira. — Eu disse para você ir embora e falei a sério. Saia... Agora!

Por um instante, uma fúria genuína surgiu nos olhos dele, uma onda escura de ameaça. Depois os olhos ficaram calmos, frios, e ele abriu, um sorriso, doce e brilhante que se apagou de imediato.

— Vou partir — disse Damon. — Por ora.

Ela sacudiu a cabeça e o viu sair pelas portas francesas sem dizer nada. Quando as portas se fecharam depois de sua passagem, ela ficou em silêncio, tentando recuperar o fôlego.

O silêncio... Mas não devia estar silencioso. Ela se virou confusa para o relógio antigo e viu que tinha parado. Mas antes que pudesse examiná-lo de perto, ouviu as vozes elevadas de Meredith e Bonnie.

Ela disparou pelo corredor, sentindo a fraqueza incomum nas pernas, puxando a blusa de volta e abotoando-a. A porta dos fundos estava aberta e Elena pôde ver duas figuras do lado de fora, curvadas sobre alguma coisa no gramado.

— Bonnie? Meredith? O que aconteceu?

Bonnie olhou enquanto Elena se aproximava. Seus olhos estavam cheios de lágrimas.

— Ah, Elena, ele está morto.

Com um arrepio de pavor, Elena olhou o pequeno fardo aos pés de Bonnie. Era o pequinês, deitado muito rígido de lado, os olhos abertos.

— Ah, *Bonnie* — disse ela.

— Ele era velho — disse Bonnie —, mas eu não esperava que fosse tão rápido. Agorinha mesmo ele estava latindo.

— Acho melhor entrarmos — disse Meredith, e Elena olhou para ela e assentiu. Aquela não era uma noite para ficar no escuro, do lado de fora. Também não era uma noite para convidar coisas a entrar. Ela agora sabia disso, embora ainda não entendesse o que tinha acontecido.

Quando voltaram à sala, Elena descobriu que seu diário havia sumido.

Stefan ergueu a cabeça do pescoço macio como veludo da corça. O bosque estava cheio de ruídos noturnos e ele não sabia o que o perturbava.

Com o Poder de sua mente distraído, a fêmea de cervo saiu de seu transe. Ele sentiu os músculos tremerem enquanto ela tentava se livrar de seus pés.

Vá, então, pensou ele, sentando-se e soltando-a inteiramente. Com um giro e um salto, ela se ergueu e correu.

Ele teve o suficiente. Saciado, ele lambeu os cantos da boca, sentindo os caninos embotados se retraírem, sensíveis demais, como sempre, depois de uma alimentação prolongada. Era difícil saber o quanto bastava. Não havia crises de vertigem desde aquela ao lado da igreja, mas ele vivia com medo de que acontecesse novamente.

Ele vivia com um medo específico: de que ele um dia caísse em si, a mente girando de confusão, e encontrasse o gracioso corpo de Elena flácido em seus braços, o pescoço fino marcado com duas feridas vermelhas, o coração imóvel para sempre.

Era isso que ele tinha de prever.

Mesmo agora, a sede de sangue, com toda a sua miríade de terrores e prazeres, era um mistério para ele. Embora tivesse vivido com isso a cada dia durante séculos, ainda não a entendia. Como humano vivo, ele sem dúvida ficara enojado, nauseado com a ideia de beber o líquido espesso e quente diretamente de um corpo que respirava. Isto é, se alguém se propusesse literalmente a tal coisa com ele.

Mas nada foi dito naquela noite, a noite em que Katherine o transformou.

Mesmo depois de todos aqueles anos, a lembrança era clara. Ele estava dormindo quando ela apareceu em seus aposentos, movendo-se com a suavidade de uma visão ou um fantasma. Ele estava dormindo, sozinho...

Ela vestia uma camisola fina de linho quando se aproximou dele.

Era a véspera do dia que ela marcara, o dia em que ela anunciaria sua decisão. E ela procurou por ele.

A mão branca separou as cortinas em volta de sua cama e Stefan acordou, sentando-se, alarmado. Quando a viu, o cabelo dourado claro cintilando em seus ombros, os olhos azuis perdidos na sombra, ele ficou calado de pasmo.

E de amor. Nunca vira nada mais lindo em sua vida. Ele tremeu e tentou falar, mas ela pôs dois dedos frios em seus lábios.

— Silêncio — sussurrou ela, e a cama afundou sob o novo peso enquanto ela subia.

Com o rosto em brasa, o coração de Stefan martelou de constrangimento e excitação. Nunca houvera uma mulher em sua cama. E esta era Katherine. Katherine, cuja beleza parecia vir do céu. Katherine, que ele amava mais do que a própria alma.

E porque a amava, ele fez um grande esforço. Enquanto ela deslizava por baixo dos lençóis, aproximando-se tanto que Stefan podia sentir o ar frio da noite na camisola fina, ele conseguiu falar.

— Katherine — sussurrou ele. — Nós... podemos esperar. Até que estejamos casados na igreja. Farei com que meu pai organize isso na semana que vem. Não... não vai demorar muito...

— Silêncio — sussurrou ela novamente, e ele sentiu aquela frieza em sua pele. Ele não conseguiu evitar; pôs os braços em volta dela, abraçando-a, trazendo-a para junto dele. — O que fazemos agora nada tem a ver com isso — disse ela, e estendeu os dedos finos para afagar seu pescoço.

Ele entendeu. E sentiu um lampejo de medo, que desapareceu enquanto os dedos continuavam a acariciar. Ele queria isso, queria tudo o que lhe permitisse estar com Katherine.

— Deite-se, meu amor — sussurrou ela.

Meu amor. As palavras cantaram através de Stefan enquanto ele se deitava de costas no travesseiro, tombando o queixo para trás, para que seu pescoço ficasse exposto. Seu medo desaparecera, substituído por uma felicidade tão grande que ele pensou que ia espatifá-lo.

Ele sentiu o suave roçar dos cabelos dela em seu peito e tentou acalmar a respiração. Sentiu o hálito de Katherine em seu pescoço, depois os lábios. E em seguida os dentes.

Houve uma pontada de dor, mas ele se manteve imóvel e não produziu nenhum som, pensando apenas em Katherine, em como queria ceder a ela. E quase ao mesmo tempo a dor cessou e ele sentiu o sangue sendo retirado de seu corpo. Não era terrível, como ele temia. Era uma sensação de entrega, de alento.

Depois foi como se suas mentes se fundissem, tornando-se uma só. Ele podia sentir o júbilo de Katherine ao beber dele, seu prazer em tomar o sangue quente que lhe dava a vida. E ele sabia que ela podia sentir seu prazer em doar. Mas a realidade se distanciava, as fronteiras entre os sonhos e o despertar se toldavam. Ele não conseguia pensar com clareza; não conseguia pensar de forma alguma. Só podia *sentir*, e seus sentimentos espiralavam para cima, levando-o cada vez mais alto, rompendo seus últimos laços com a terra.

Algum tempo depois, sem saber como tinha chegado lá, ele se viu nos braços dela. Katherine o aninhava como a mãe que segura seu bebê, guiando sua boca para pousar na carne nua pouco acima da gola de sua camisola. Havia uma ferida mínima ali, um corte escuro na pele clara. Ele não teve medo nem hesitação e, quando ela lhe afagou o cabelo, estimulando-o, ele começou a sugar.

Frio e preciso, Stefan espanou a terra dos joelhos. O mundo humano dormia, perdido em seu estupor, mas os sentidos estavam afiados como uma faca. Ele devia estar saciado, mas sentia fome de novo; a lembrança despertara seu apetite. Com as narinas infladas para pegar o cheiro almiscarado de uma raposa, ele começou a caçar.

12

Elena girava devagar diante do espelho de corpo inteiro do quarto de tia Judith. Margaret estava sentada ao pé da cama de baldaquino, os olhos azuis grandes e solenes de admiração.

— Queria ter um vestido assim para o Halloween — disse ela.

— Acho que você fica melhor de gatinha branca — disse Elena, dando um beijo entre as orelhas claras e aveludadas, presas à faixa na cabeça de Margaret. Depois ela se virou para a tia, que estava na porta com agulha e linha preparadas. — Está perfeito — disse ela calorosamente. — Não precisamos mudar nada.

A menina no espelho podia ter saído de um dos livros da Renascença italiana de Elena. O pescoço e os ombros estavam nus e o corpete apertado do vestido azul-gelo destacava sua cintura fina. As mangas longas e bufantes eram recortadas para que aparecesse a seda branca da chemise por baixo, e a saia comprida e deslizante roçava o chão em volta dela. Era um lindo vestido, e a cor parecia destacar o azul dos olhos de Elena.

Enquanto se virava, o olhar de Elena caiu no antiquado relógio de pêndulo acima da cômoda.

— Ah, não... São quase sete horas. Stefan vai chegar a qualquer minuto.

— É o carro dele agora — disse tia Judith, olhando pela janela. — Vou descer e abrir a porta.

— Está tudo bem — disse Elena rapidamente. — Eu mesma atendo. Tchau, divirta-se no gostosuras-ou-travessuras! — Ela correu escada abaixo.

Lá vai, pensou ela. Ao chegar à maçaneta, ela se lembrou daquele dia, quase dois meses antes, quando ela se interpôs no caminho de Stefan para a aula de história europeia. Ela sentia a mesma ansiedade, a mesma excitação e tensão.

Só espero que, diferentemente daquele dia, tudo saia melhor do que o planejado, pensou Elena. Na última semana e meia, ela depositara suas esperanças neste momento, nesta noite. Se ela e Stefan não se entendessem esta noite, jamais o fariam.

A porta se abriu e ela recuou com os olhos baixos, sentindo-se quase envergonhada, com medo de encarar Stefan. Mas quando ouviu a respiração áspera, ela levantou a cabeça rapidamente — e sentiu o coração gelar.

Ele a olhava admirado, é verdade. Mas não era a admiração prazerosa que ela vira nos olhos dele na primeira noite em seu quarto. Era algo mais próximo do choque.

— Você não gostou — sussurrou ela, apavorada sob o olhar mordaz dele.

Ele se recuperou rapidamente, como sempre, piscando e sacudindo a cabeça.

— Não, não, é lindo. Você está linda.

Então por que você está parado aí parecendo que viu um fantasma?, pensou ela. Por que não me abraça, me beija... Qualquer coisa!

— Você está incrível — disse ela em voz baixa. E era verdade; ele estava reluzente e bonito no smoking e capa que vestira para seu personagem. Ela ficou surpresa de ele ter concordado com isso, mas quando fez a sugestão, ele pareceu se divertir mais do que qualquer outra coisa. Agora ele estava elegante e confortável, como se as roupas fossem tão naturais para ele quanto os jeans.

— É melhor irmos — disse ele, num tom igualmente baixo e sério.

Elena assentiu e seguiu com ele para o carro, mas seu coração não estava mais apenas frio; estava gelado. Ele estava mais distante do que nunca e ela não fazia ideia de como trazê-lo de volta.

Trovões grunhiram no alto enquanto eles iam para a escola e Elena olhou pela janela do carro com desânimo. O manto de nuvens era espesso e escuro, embora ainda não tivesse começado a chover. O ar estava carregado de eletricidade e o roxo soturno das nuvens dava ao céu uma aparência de pesadelo. Era o clima perfeito para o Halloween, ameaçador e de outro mundo, mas só despertava medo em Elena. Desde aquela noite na casa de Bonnie, ela deixara de apreciar o sinistro e o misterioso.

Seu diário nunca mais apareceu, embora elas tivessem procurado pela casa toda de Bonnie. Ela ainda não acreditava que ele sumira, e a ideia de um estranho ler seus pensamentos mais íntimos a deixava furiosa por dentro. Porque, claramente, ele fora roubado; que outra explicação haveria? Mais de uma porta foi aberta naquela noite na casa dos McCullough; alguém podia ter simplesmente entrado. Ela queria *matar* quem tinha feito isso.

Uma miragem de olhos escuros surgiu diante dela. Aquele garoto, o garoto a quem ela quase cedera na casa de Bonnie, o menino que a fizera esquecer Stefan. Teria sido ele?

Ela voltou a si enquanto eles estacionavam na escola e se obrigou a sorrir ao seguir pelos corredores. O ginásio era um caos mal organizado. Desde a partida de Elena, tudo tinha mudado. Depois, o lugar ficou cheio de veteranos: membros do Conselho de Alunos, jogadores de futebol, o Key Club, todos dando os últimos retoques nos adereços e cenários. Agora estava cheio de estranhos e a maioria nem era humana.

Vários zumbis se viraram quando Elena entrou, os crânios sorridentes visíveis através da carne podre dos rostos. Um corcunda grotescamente deformado mancou para ela, junto a um cadáver com a pele lívida e buracos nos olhos. De outra direção, veio um lobisomem, o focinho num rosnado coberto de sangue, e uma bruxa sombria e dramática.

Elena percebeu, com um sobressalto, que não conseguia reconhecer metade daquelas pessoas fantasiadas. Depois elas estavam em volta dela, admirando o vestido azul-gelo, anunciando problemas que já tinham surgido. Elena acenou para que se calassem e se virou para a bruxa, cujo cabelo comprido e preto fluía pelas costas de um vestido preto e apertado.

— O que foi, Meredith? — disse ela.

— O treinador Lyman está doente — respondeu Meredith de mau humor —, então alguém tem que pedir ao Tanner para substituir.

— O Sr. *Tanner*? — Elena ficou apavorada.

— É, e ele já está criando problemas. A coitada da Bonnie está cheia. É melhor você ir até lá.

Elena suspirou e assentiu, depois andou pela rota tortuosa da Casa Mal-Assombrada. Ao passar pela horrível Câmara de Tortura e pelo horripilante Covil do Estripador, ela pensou: eles montaram tudo bem *demais*. O lugar era enervante, mesmo quando iluminado.

A Sala dos Druidas ficava perto da saída. Ali, foi montada uma Stonehenge de papelão. Mas a linda e pequena sacerdotisa druida que estava em meio aos monolitos realistas, usando um manto e uma guirlanda de folhas de carvalho, parecia prestes a cair no choro.

— Mas você *tem* que usar o sangue — dizia ela num tom suplicante. — Faz parte do cenário; você é uma vítima de sacrifício.

— Já é bem ruim usar esse manto ridículo — respondeu Tanner asperamente. — Ninguém me disse que eu ia ter de me sujar todo de xarope.

— Não vai cair no *senhor* — disse Bonnie. — Só no manto e no altar. O senhor é o sacrifício — repetiu ela, como se de algum modo isso o convencesse.

— Quanto a isto — disse o Sr. Tanner com repulsa —, a precisão de todo este cenário é muito suspeita. Contrariamente à crença popular, os druidas não construíram Stonehenge; foi construído por uma cultura da Idade do Bronze que...

Elena se aproximou.

— Sr. Tanner, isso não é importante.

— Não, não é, para você — disse ele. — E é por isso que você e sua amiga neurótica aqui são um fracasso em história.

— Isto é impertinente — disse uma voz, e Elena olhou rapidamente por sobre o ombro, vendo Stefan.

— Sr. Salvatore — disse Tanner, pronunciando as palavras como se significassem *Agora meu dia está completo*. — Imagino que tenha novas palavras de sabedoria para dar. Ou vai me deixar com um olho roxo? — Seu olhar percorreu Stefan, que estava parado ali, inconscientemente elegante em seu smoking de corte perfeito, e Elena sentiu um súbito choque de discernimento.

Tanner na verdade não é muito mais velho do que nós, pensou ela. Ele parece velho por causa da careca incipiente, mas aposto que está na casa dos vinte. Depois, por algum motivo, ela se lembrou de como Tanner ficara no Baile de Reencontro, com seu terno barato e brilhante que não caía bem.

Aposto que ele nunca teve seu próprio baile, pensou ela. E, pela primeira vez, sentiu certa simpatia por ele.

Talvez Stefan também sentisse isso porque, embora tivesse se colocado bem na frente do homenzinho, cara a cara com ele, sua voz era baixa.

— Não, não vou. Acho que toda esta história está ultrapassando as medidas. Por que não... — Elena não conseguiu ouvir o resto, mas ele falava num tom calmo e baixo, e o Sr. Tanner pareceu escutar. Ela olhou para a multidão que tinha se formado atrás dela: quatro ou cinco demônios necrófilos, o lobisomem, um gorila e um corcunda.

— Muito bem, está tudo sob controle — disse ela, e eles se dispersaram. Stefan estava cuidando das coisas, embora ela não soubesse como, uma vez que só conseguia ver sua nuca.

Sua nuca... Por um momento, uma imagem passou diante dela, do primeiro dia de aula. De como Stefan tinha ficado na secretaria falando com a Sra. Clarke, a secretária, e de como a atitude da Sra. Clarke fora estranha. E agora, quando Elena olhou para o Sr. Tanner, ele tinha a mesma expressão meio desnorteada. Elena sentiu uma onda lenta de inquietude.

— Vamos — disse ela a Bonnie. — Vamos em frente.

Elas cortaram caminho pela Sala de Desembarque Alienígena e pela Sala dos Mortos-Vivos, deslizando entre as divisórias, saindo no primeiro ambiente, onde os visitantes entravam e eram recebidos por um lobisomem. O lobisomem tinha tirado a cabeça e falava com um casal de múmias e uma princesa egípcia.

Elena tinha de admitir que Caroline ficava bem de Cleópatra, as linhas de seu corpo bronzeado francamente visíveis através do envoltório de linho transparente que vestia. Matt, o lobisomem, não podia ser criticado por seus olhos ficarem descendo do rosto de Caroline.

— Tudo certo por aqui? — disse Elena com uma leveza forçada.

Matt se assustou um pouco, depois se virou para ela e Bonnie. Elena mal o vira desde a noite do baile, e sabia que ele e Stefan também estavam distantes. Por causa dela. E embora

Matt não pudesse ser criticado por *isso* também, ela sabia o quanto magoava Stefan.

— Está tudo ótimo — disse Matt, parecendo pouco à vontade.

— Quando Stefan terminar com Tanner, acho que vou mandá-lo para cá — disse Elena. — Ele pode ajudar a receber as pessoas.

Matt ergueu os ombros com indiferença. Depois disse:

— Terminar o que com o Tanner?

Elena olhou para ele surpresa. Ela podia jurar que ele estivera na Sala dos Druidas há um minuto. Ela explicou, então.

Do lado de fora, o trovão soou de novo, e através da porta aberta Elena viu um clarão no céu noturno. Houve outro e um estalo mais alto de trovão alguns segundos depois.

— Espero que não chova — disse Bonnie.

— Sim — disse Caroline, que estava parada em silêncio enquanto Elena falava com Matt. — Seria uma *pena* se ninguém viesse.

Elena olhou incisivamente para ela e viu o ódio declarado nos olhos estreitos e felinos de Caroline.

— Caroline — disse ela por impulso —, escute. Você e eu não podemos parar com isso? Não podemos esquecer o que aconteceu e começar de novo?

Sob a dobra em sua testa, os olhos de Caroline se arregalaram e se fecharam de novo numa fenda. Sua boca se retorceu e ela se aproximou de Elena.

— Eu *nunca* vou esquecer — respondeu ela, depois se virou e saiu.

No silêncio que se seguiu, Bonnie e Matt olharam para o chão. Elena foi até a porta para sentir o ar frio no rosto. Do lado de fora, podia ver o campo e os galhos agitados dos carvalhos mais além, e de novo foi tomada de um pressentimento estranho. Esta é a noite, pensou ela com tristeza. Esta é a noite em que tudo acontece. Mas o que era o "tudo", ela não sabia.

Uma voz soou pelo ginásio.

— Muito bem, tudo pronto para liberar a fila formada no estacionamento. Apague as luzes, Ed! — De repente, a escuridão desceu e o ar ficou cheio de gemidos e risadas descontroladas, como uma orquestra afinando os instrumentos. Elena suspirou e se virou.

— É melhor se preparar para começar a conduzi-los — ela disse a Bonnie em voz alta. Bonnie assentiu e desapareceu no escuro. Matt tinha recolocado a cabeça de lobisomem e ligava um gravador, que acrescentou uma música sinistra à cacofonia.

Stefan veio pelo canto, o cabelo e as roupas se misturando com a escuridão. Só a camisa branca se destacava claramente.

— Está dando tudo certo com Tanner — disse ele. — Há mais alguma coisa que eu possa fazer?

— Bom, você pode trabalhar aqui, com Matt, recebendo as pessoas em... — A voz de Elena falhou. Matt estava curvado sobre o gravador, ajustando meticulosamente o volume, sem olhar para cima. Elena olhou para Stefan e viu seu rosto rígido e inexpressivo. — Ou pode ir até o vestiário dos meninos e ficar encarregado do café e das coisas para os voluntários — terminou ela num tom cansado.

— Vou para o vestiário — disse ele.

Enquanto ele se virava, ela percebeu que ele cambaleava um pouco.

— Stefan? Está tudo bem?

— Tudo ótimo — respondeu ele, recuperando o equilíbrio. — Meio cansado, é só isso. — Ela o viu partir, o peito parecendo mais pesado a cada minuto.

Ela se virou para Matt, ameaçando dizer alguma coisa, mas neste momento a fila de visitantes chegou à porta.

— O show vai começar — disse ele, agachando nas sombras.

Elena andou de sala em sala, resolvendo os problemas. Nos anos anteriores, ela gostava mais desta parte da noite, vendo as cenas horríveis sendo representadas e o terror delicioso dos visitantes, mas esta noite havia uma sensação de pavor e tensão por baixo de todos os seus pensamentos. Esta é a noite, pensou ela novamente, e o gelo em seu peito pareceu se espessar.

Um Ceifeiro Sinistro — ou pelo menos o que pensou ser a figura de capuz e manto preto — passou, e ela se viu distraidamente tentando se lembrar se tinha visto isso em alguma das festas de Halloween. Havia algo de familiar no modo como a figura se movimentava.

Bonnie trocou um sorriso cansado com a bruxa alta e magra que orientava o trânsito para a Sala das Aranhas. Vários meninos do primeiro ano batiam nas aranhas de borracha penduradas e gritavam, incomodando até a si próprios. Bonnie os conduziu para a Sala dos Druidas.

Ali, as luzes estroboscópicas davam ao cenário uma propriedade onírica. Bonnie sentiu um triunfo sombrio ao ver o Sr. Tanner esticado no altar de pedra, o manto branco totalmente sujo de sangue, os olhos fixos no teto.

— Legal! — gritou um dos meninos, correndo até o altar. Bonnie ficou para trás e sorriu, esperando que o sacrificado, todo sujo de sangue, se levantasse e matasse o menino de susto.

Mas o Sr. Tanner não se mexeu, mesmo quando o menino enfiou a mão na poça de sangue perto da cabeça dele.

Que estranho, pensou Bonnie, correndo para evitar que a criança pegasse a faca sacrifical.

— Não faça isso — disse ela. Então o menino ergueu a mão ensanguentada, e ela se exibia, vermelha, em cada clarão da luz estroboscópica. Bonnie sentiu um medo súbito e irracional de que o Sr. Tanner fosse esperar até que ela se curvasse sobre ele e depois a fizesse pular. Mas ele continuava encarando o teto.

— Sr. Tanner, o senhor está bem? Sr. Tanner? Sr. Tanner!

Nem um movimento, nem um som. Nem um lampejo daqueles olhos brancos e arregalados. Não toque nele, algo na mente de Bonnie lhe disse de repente e com urgência. Não toque nele não toque nele não toque nele...

Sob as luzes estroboscópicas, ela viu a própria mão se mover para a frente, viu que pegava o ombro do Sr. Tanner e o sacudia, viu a cabeça dele tombar flácida para ela. Depois viu seu pescoço.

E Bonnie começou a gritar.

Elena ouviu os gritos, eram estridentes, prolongados e diferentes de qualquer outro som na Casa Mal-Assombrada, e ela entendeu de imediato que não eram de brincadeira.

Tudo depois disso foi um pesadelo.

Chegando à Sala dos Druidas num átimo, ela viu um quadro vivo, mas não o preparado para os visitantes. Bonnie gritava, Meredith segurava seus ombros. Três meninos tentavam sair pela saída acortinada e dois seguranças olhavam para dentro, bloqueando seu caminho. O Sr. Tanner estava deitado no altar de pedra, esparramado, e o rosto...

— Ele está morto — Bonnie chorava, os gritos transformando-se em palavras. — Ah, meu Deus, o sangue é de verdade, ele está morto. Eu *toquei* nele, Elena, e ele está morto, ele está morto de verdade...

As pessoas entravam na sala. Alguém mais começou a gritar e isso se espalhou, e então todos tentavam sair, empurrando-se em pânico, chutando as divisórias.

— Acendam as luzes! — gritou Elena, e ouviu o grito ser transmitido por outros. — Meredith, rápido, consiga um telefone no ginásio e chame uma ambulância, ligue para a polícia... Faça com que acendam as luzes!

Quando as luzes se acenderam, Elena olhou em volta, mas não conseguiu ver adulto algum, ninguém que pudesse se encarregar da situação. Parte dela estava fria feito gelo, a mente disparando ao tentar pensar no que fazer a seguir. Outra parte simplesmente estava entorpecida de pavor. O Sr. Tanner... Ela jamais gostara dele, mas de algum modo isso só piorava as coisas.

— Tire todas as crianças daqui. Todo mundo para fora, menos quem estiver trabalhando — disse ela.

— Não! Fechem as portas! Não deixem que *ninguém* saia até que a polícia chegue — gritou um lobisomem ao lado dela, tirando a máscara. Elena se virou aturdida para a voz e viu que não era Matt, mas Tyler Smallwood.

Ele só pudera voltar à escola naquela semana e o rosto ainda estava deformado da surra que levara de Stefan. Mas sua voz tinha autoridade e Elena viu os seguranças fechando a porta de saída. Ela ouviu outra porta se fechar do outro lado do ginásio.

Daquelas dez pessoas, mais ou menos, que se espremiam na área de Stonehenge, Elena só reconheceu uma como voluntária. O restante era gente que ela vira na escola, mas não conhecia nenhuma delas muito bem. Uma delas, um menino vestido de pirata, falou com Tyler.

— Quer dizer... Você acha que alguém aqui fez isso?

— Alguém aqui fez, é isso mesmo — disse Tyler. Havia um tom bizarro e excitado em sua voz, como se ele quase estivesse gostando disso. Tyler gesticulou para a poça de sangue na pedra. — Isso ainda está líquido; não pode ter acontecido há muito tempo. E olha como o pescoço dele foi cortado. O assassino deve ter feito com isso. — Ele apontou para a faca sacrificial.

— Então o assassino pode estar aqui neste instante — sussurrou uma menina de quimono.

— E não é difícil imaginar quem seja — disse Tyler. — Alguém que odiava Tanner, que sempre estava se metendo em discussões com ele. Alguém que estava discutindo com ele esta noite mesmo. Eu vi.

Então *você* era o lobisomem nesta sala, pensou Elena num torpor. Mas o que estava fazendo aqui, antes de tudo? Você não é da equipe da festa.

— Alguém que tem um histórico de violência — continuava Tyler, os lábios se repuxando nos dentes. — Alguém que, até onde sabemos, é um psicopata que veio para Fell's Church só para matar.

— Tyler, de quem você está falando? — O torpor de Elena explodiu como uma bolha. Furiosa, ela se aproximou do rapaz alto e musculoso. — Que absurdo é esse?

Ele gesticulou para ela sem olhá-la.

— É o que diz a namorada dele... Mas talvez ela tenha seus interesses.

— E talvez *você tenha* seus interesses, Tyler — disse uma voz de trás da multidão, e Elena viu um segundo lobisomem abrindo caminho para a sala. Matt.

— Ah, é? Bom, por que não nos conta o que você sabe sobre Salvatore? De onde ele vem? Onde está a família dele? De onde ele tira tanto dinheiro? — Tyler se virou para o resto da multidão. — Quem sabe *alguma coisa* sobre ele?

As pessoas sacudiam a cabeça. Elena podia ver, em um rosto após outro, a desconfiança florescendo. A desconfiança de qualquer coisa desconhecida, qualquer coisa diferente. E Stefan era diferente. Ele era o estranho no meio deles, e justo agora eles precisavam de um bode expiatório.

— Eu ouvi um boato... — começou a menina de quimono.

— É só isso que todo mundo ouviu, boatos! — disse Tyler. — Ninguém *sabe* realmente nada sobre ele. Mas tem uma coisa que eu *sei*. Os ataques em Fell's Church começaram na primeira semana de aulas... *E foi a semana em que Stefan Salvatore chegou.*

Houve um murmúrio crescente e a própria Elena sentiu um choque ao perceber. É claro, tudo isso era ridículo, era só coincidência. Mas o que Tyler dizia era verdade. Os ataques tinham começado quando Stefan chegara.

— Vou lhes contar mais uma coisa — gritou Tyler, gesticulando para todos silenciarem. — Escutem! Vou lhes contar mais uma coisa! — Tyler esperou até que todos estivessem olhando para ele e disse devagar, para impressionar:
— Ele estava *no* cemitério na noite em que Vickie Bennett foi atacada.

— É claro que ele estava no cemitério... Dando um jeito na sua cara — disse Matt, mas sua voz carecia da força de costume. Tyler aproveitou o comentário.

— Sim, e ele quase me matou. E hoje à noite alguém *matou mesmo* o Tanner. Não sei o que *você* acha, mas *eu* acho que foi ele. Acho que foi ele!

— Mas onde ele está? — gritou alguém da multidão.

Tyler olhou em volta.

— Se foi ele, ainda deve estar aqui — gritou Tyler. — Vamos encontrá-lo.

— Stefan não fez nada! Tyler... — gritou Elena, mas o barulho da multidão encobriu sua voz. As palavras de Tyler foram transmitidas e repetidas. *Encontrá-lo... Encontrá-lo... Encontrá-lo.* Elena ouviu passarem de uma pessoa para outra. E agora os rostos na Sala dos Druidas expressavam mais do que desconfiança; Elena podia ver neles raiva e uma sede de vingança. A multidão tinha se transformado em algo monstruoso, algo que estava além do controle.

— Onde ele está, Elena? — disse Tyler, e ela viu o triunfo ardendo nos olhos dele. Ele *estava mesmo* gostando disso.

— Não sei — disse ela com ferocidade, querendo bater em Tyler.

— Ele ainda deve estar aqui! Encontrem-no! — gritou alguém, e pareceu que todos estavam em movimento, apontando, empurrando, tudo a um só tempo. As divisórias eram derrubadas e empurradas de lado.

O coração de Elena martelava. Não era mais um grupo de pessoas; era uma turba. Ela ficou apavorada com o que eles fariam com Stefan se o encontrassem, mas ela levaria Tyler diretamente para ele se tentasse avisá-lo.

Ela olhou em volta com desespero. Bonnie ainda olhava para a face sem vida do Sr. Tanner. Não encontraria ajuda ali. Elena se virou para olhar a multidão de novo e seus olhos encontraram os de Matt.

Ele parecia confuso e furioso, o cabelo louro desgrenhado, o rosto corado e suado. Elena pôs toda a força de vontade num olhar de súplica.

Por favor, Matt, pensou ela. Não pode acreditar nisso. Você sabe que não é verdade.

Mas os olhos de Matt revelaram que ele *não* sabia. Havia neles um misto de confusão e agitação.

Por favor, pensou Elena, fitando aqueles olhos azuis, desejando que ele compreendesse. Ah, por favor, Matt, só você pode me salvar. Mesmo que você não acredite, por favor, procure confiar... Por favor...

Ela viu a mudança aparecer em seu rosto, a confusão sumindo à medida que aparecia a determinação implacável. Ele a olhou por mais um instante, os olhos demorando-se nos dela, e assentiu uma vez. Depois se virou e deslizou pela multidão que andava em círculos, em sua perseguição.

Matt atravessou a multidão como uma faca até chegar ao outro lado do ginásio. Havia alguns calouros parados perto da porta do vestiário dos meninos; ele ordenou bruscamente que começassem a deslocar as divisórias caídas e, quando a atenção deles foi distraída, ele abriu a porta e entrou.

Olhou em volta rapidamente, sem vontade de gritar. Aliás, pensou ele, Stefan deve ter ouvido todo o tumulto no ginásio. Já deve ter dado o fora. Mas então Matt viu a figura vestida de preto no chão de ladrilhos brancos.

— Stefan! O que houve? — Por um instante terrível, Matt pensou que estava olhando para um segundo cadáver. Mas viu movimento ao se ajoelhar ao lado de Stefan.

— Ei, você está bem? Sente-se devagar... Calma. Está tudo bem com você, Stefan?

— Sim — disse Stefan. Ele não parecia bem, pensou Matt. Seu rosto estava lívido e as pupilas muito dilatadas. Ele parecia desorientado e doente. — Obrigado — disse ele.

— Pode me agradecer daqui a pouco. Stefan, você precisa sair daqui. Não pode ouvi-los? Eles estão atrás de você.

Stefan virou-se para o ginásio, como se escutasse, mas não havia compreensão em seu rosto.

— Quem está atrás de mim? Por quê?

— Todo mundo. Não importa. O que importa é que você tem que dar o fora antes que eles cheguem aqui. — Como Stefan continuava simplesmente a olhar sem entender, ele acrescentou: — Houve outro ataque, desta vez a Tanner, o Sr. Tanner. Ele está morto, Stefan, e eles acham que foi você.

Agora, enfim, ele viu a compreensão aparecer nos olhos de Stefan. Compreensão, horror e uma espécie de derrota resignada que era mais assustadora do que qualquer coisa que Matt vira esta noite. Ele pegou com força o ombro de Stefan.

— Eu *sei* que não foi você — disse Matt, e neste momento era verdade. — Eles vão perceber isso também, quando voltarem a raciocinar. Mas, enquanto isso, é melhor você ir embora.

— Ir embora... Sim — disse Stefan. O olhar de desorientação se fora e havia uma amargura empedernida no modo como ele pronunciou as palavras. — Eu vou... embora.

— Stefan...

— Matt. — Os olhos verdes estavam escuros e ardiam, e Matt percebeu que não conseguia se desviar deles. — Elena está segura? Que bom. Então, cuide dela, por favor.

— Stefan, do que está falando? Você é inocente; isso tudo vai passar...

— Só cuide dela, Matt.

Matt recuou, ainda olhando aqueles convincentes olhos verdes. Depois, devagar, assentiu.

— Eu cuidarei — disse ele em voz baixa. E viu Stefan partir.

13

Elena estava dentro do círculo de adultos e policiais, esperando por uma oportunidade de escapar. Ela sabia que Matt tinha alertado Stefan a tempo — o rosto dele lhe dizia isso —, mas ele não conseguira se aproximar o suficiente para falar com ela.

Por fim, com todas as atenções voltadas para o corpo, ela se afastou do grupo e foi até Matt.

— Stefan conseguiu ir embora — disse ele, os olhos no grupo de adultos. — Mas me disse para cuidar de você, e quero que fique aqui.

— *Cuidar* de mim? — O alarme e a suspeita apareceram no rosto de Elena. Depois, quase num sussurro, ela disse: — Entendi. — Ela pensou por um momento e falou com cautela. — Matt, preciso lavar as mãos. Bonnie me sujou de sangue. Espere aqui; eu volto logo.

Ele ia protestar, mas Elena já estava se afastando. Ela ergueu as mãos sujas como explicação enquanto chegava à porta do vestiário das meninas, e a professora que estava parada ali a deixou entrar. No vestiário, porém, ela continuou, saindo pela outra porta e entrando na escola escurecida. E dali saiu para a noite.

Zuccone!, pensou Stefan, pegando uma estante e derrubando-a, fazendo seu conteúdo voar. Tolo! Idiota! Tolo idiota e abominável. Como pôde ser tão estúpido?

Encontrar um lugar com eles aqui? Ser aceito como um deles? Ele devia ter perdido o juízo por pensar que isto era possível.

Ele pegou uma das grandes malas pesadas e as atirou pelo quarto, onde ela bateu na parede mais distante, espatifando uma janela. Estúpido, *estúpido*.

Quem estava atrás dele? Todo mundo. Matt disse isso. *"Houve outro ataque... Eles acham que foi você."*

Bem, pela primeira vez parecia que os *barbari*, os humanos vivos e mesquinhos e seu medo de qualquer coisa desconhecida, tinham razão. De que outra maneira se explicaria o que acontecera? Ele sentiu a fraqueza, a vertigem, a confusão girando; e depois as trevas o tomaram. Quando despertou, foi para ouvir Matt dizendo que outro ser humano tinha sido pilhado, atacado. Dessa vez roubado não só de seu sangue, mas de sua vida. Como se explicaria *isso* a não ser que ele, Stefan, fosse o assassino?

Um assassino, era o que ele era. Maligno. Uma criatura nascida nas trevas, destinada a viver, caçar e se esconder para sempre. Por que, por que não matar, então? Por que não satisfazer a sua natureza? Como não podia mudá-la, ele podia muito bem se divertir com ela. Ele desencadearia suas trevas sobre aquela cidade que o odiava, que o perseguia mesmo agora.

Mas primeiro... Ele estava com sede. As veias ardiam como uma rede de fios secos e quentes. Ele precisava se alimentar... Logo... Já.

A pensão estava às escuras. Elena bateu na porta, mas ninguém atendeu. Trovões estalavam no alto. Ainda não havia chovido.

Depois da terceira série de batidas, Elena experimentou a porta e ela se abriu. A casa estava silenciosa e escura como breu. Ela foi para a escada tateando e subiu.

O segundo patamar estava igualmente escuro e ela cambaleou tentando encontrar o quarto com a escada para o terceiro andar. Uma luz fraca aparecia no alto e ela subiu os degraus até lá, sentindo-se oprimida pelas paredes e que pareciam próximas demais dos dois lados.

A luz saía por baixo da porta fechada. Elena bateu de leve e rapidamente.

— Stefan — sussurrou ela, depois chamou num tom mais alto. — Stefan, sou eu.

Nenhuma resposta. Ela pegou a maçaneta e abriu a porta, olhando em volta.

— Stefan...

Ela falava com um quarto vazio.

E um quarto cheio de caos. Parecia que uma ventania tinha passado, deixando destruição em seu caminho. As malas que antes estavam nos cantos tão sossegadamente agora se espalhavam em ângulos grotescos, escancaradas, o conteúdo espalhado pelo chão. Uma janela estava quebrada. Todos os pertences de Stefan, todas as coisas que ele guardava com tanto cuidado e parecia valorizar, espalhavam-se como lixo.

O pavor inundou Elena. A fúria, a violência naquela cena de devastação eram dolorosamente claras e lhe deram vertigem. Alguém que tinha um histórico de violência, foi o que Tyler disse.

Eu não me importo, pensou ela, a raiva reprimindo o medo. Não me importo com nada, Stefan; ainda quero ver você. Mas onde você está?

O alçapão no teto estava aberto e o ar frio soprava para baixo. Ah, pensou Elena, e de repente sentiu um arrepio de medo. O teto era tão alto...

Ela nunca havia subido a escada para a sacada e a saia comprida dificultava as coisas. Elena saiu pelo alçapão lentamente, ajoelhando-se no telhado e depois se erguendo. Viu uma figura escura no canto e foi até ela rapidamente.

— Stefan, eu precisava vir... — começou ela, e se interrompeu de repente, porque o clarão de um raio iluminou o céu no exato instante em que a figura no canto girou o corpo. E depois foi como se todos os pressentimentos, medos e pesadelos que tivera na vida estivessem se realizando a um só tempo. Estava além da capacidade de gritar; estava além de qualquer coisa.

Ah, Deus... Não. Sua mente se recusava a entender o que os olhos viam. Não. Não. Ela não olharia para isso, ela não acreditaria...

Mas não pôde deixar de ver. Mesmo que pudesse fechar os olhos, cada detalhe da cena ficou cauterizado em sua memória. Como se o raio tivesse marcado em seu cérebro para sempre.

Stefan. Stefan, tão elegante com suas roupas comuns, a jaqueta de couro preta com a gola virada para cima. Stefan, com o cabelo preto como uma das nuvens de tempestade que rolavam atrás dele. Stefan ficou visível no clarão de luz, meio virado para ela, o corpo retorcido num agachar bestial, com um grunhido de fúria animal no rosto.

E sangue. Aquela boca arrogante, sensível e sensual estava suja de sangue. Aparecia num vermelho medonho contra a palidez de sua pele, contra a brancura de seus dentes expostos. Em suas mãos estava o corpo flácido de uma pomba, branca como aqueles dentes, as asas estendidas. Outra jazia no chão aos pés dele, como um lenço amassado e descartado.

— Ah, Deus, não — sussurrou Elena. Ela continuou a sussurrar, recuando, mal tendo consciência do que fazia. Sua mente simplesmente não conseguia lidar com aquele horror; seus pensamentos disparavam desvairadamente de pânico, como camundongos tentando escapar de uma gaiola. Ela não ia acreditar nisso, não podia *acreditar*. Seu corpo estava tomado por uma tensão insuportável, o coração explodia, a cabeça girava.

— Ah, Deus, *não*...

— Elena! — Mais terrível que qualquer coisa era isto: ver *Stefan* olhando para ela daquela cara animal, ver o esgar mudando para uma expressão de choque e desespero. — Elena, por favor. Por favor, não...

— Ah, Deus, *não*! — Os gritos tentavam abrir caminho por sua garganta. Ela recuou ainda mais, tropeçando, enquanto ele dava um passo na direção dela. — Não!

— Elena, por favor... Cuidado... — Aquela coisa terrível, a coisa com o rosto de Stefan, vinha atrás dela, os olhos verdes ardentes. Ela se lançou para trás enquanto ele dava outro passo com a mão estendida. Aquela mão longa de dedos finos que afagara seu cabelo com tanta delicadeza...

— Não *toque* em mim! — exclamou ela. E depois ela gritou, enquanto seu movimento a levava contra a grade de ferro da sacada. Era o ferro que estava ali por quase um século e meio, e em certos lugares estava quase totalmente enferrujado. Elena teve pavor de que o peso contra a grade fosse demasiado e sentiu que ia ceder. Ela ouviu o rasgar de metal e madeira sobrecarregados misturando-se com seu próprio grito. E depois não havia nada atrás dela, nada em que se agarrar, e ela caía.

Neste momento ela viu as nuvens roxas fervilhando, o volume escuro da casa ao lado dela. Parecia que tinha tempo para enxergá-los com clareza, sentir uma infinidade de terrores enquanto gritava e caía, e caía.

Mas o espatifar terrível não veio. De repente havia braços em volta dela, sustentando-a no vazio. Houve um baque surdo e os braços se estreitaram, o peso contra o seu corpo, absorvendo o impacto. E então tudo ficou em silêncio.

Ela ficou imóvel dentro do círculo daqueles braços, tentando se orientar, procurando acreditar em outra coisa inacreditável. Ela caíra do telhado do terceiro andar e no entanto ainda estava viva. Estava no jardim atrás da pensão, no silêncio absoluto entre estalos de trovões, com folhas caídas no chão em que deveria estar seu corpo quebrado.

Devagar, ela voltou o olhar para cima, para o rosto daquele que a segurava. Stefan.

Houve medos demais, golpes demais esta noite. Elena não conseguia mais reagir. Só o que pôde fazer foi olhar para ele, espantada.

Havia tanta tristeza nos olhos dele. Aqueles olhos verdes que ardiam como gelo agora estavam escuros e vazios, sem esperanças. O mesmo olhar que ela vira na primeira noite em seu quarto, só que agora era pior. Porque agora havia um ódio por si mesmo misturado ao pesar, e uma condenação amarga. Ela não conseguiu suportar.

— Stefan — sussurrou ela, sentindo que a tristeza penetrava sua própria alma. Ela ainda podia ver o vermelho nos lábios dele, mas agora sentia o despertar de uma onda de compaixão junto com o horror instintivo. Ficar tão só, tão alheio e tão só...

— Ah, Stefan — sussurrou ela.

Não houve resposta daqueles olhos tristes e perdidos.

— Vamos — disse ele em voz baixa, levando-a de volta à casa.

Stefan sentiu um surto de vergonha quando eles chegaram ao terceiro andar e à devastação que era seu quarto. Era insuportável que Elena, de todas as pessoas, visse aquilo. Mas talvez também fosse adequado que ela visse o que ele verdadeiramente era, o que ele podia fazer.

Elena andou devagar e tonta até a cama e se sentou. Depois olhou para ele, os olhos sombrios encontrando os dele.

— Conte — foi só o que ela disse.

Ele deu uma risada curta, sem humor, e a viu se encolher. Isso o fez se odiar ainda mais.

— O que você precisa saber? — perguntou ele. Ele pôs um pé na tampa de uma mala virada e a encarou quase em desafio, indicando o quarto com um gesto. — Quem fez isso? Fui eu.

— Você é forte — disse ela, os olhos voltados para uma mala virada. Seu olhar subiu, como se ela estivesse se lembrando do que acontecera no telhado. — E rápido.

— Mais forte do que um humano — explicou ele, com uma ênfase deliberada na última palavra. Por que ela não se esconde dele agora, por que não o olhava com o ódio que ele vira antes? Ele não se importava mais com o que ela pensava. — Meus reflexos são mais rápidos e sou mais resistente. Tenho de ser. Sou um caçador — disse ele asperamente.

Alguma coisa no olhar dela lembrou a Stefan como Elena o interrompera. Ele enxugou a boca com as costas da mão, depois foi rapidamente pegar um copo de água que ficara intacto na mesa de cabeceira. Ele podia sentir os olhos de Elena enquanto bebia a água e enxugava a boca novamente. Ah, ele ainda se importava com o que ela pensava, era verdade.

— Você pode comer e beber... outras coisas — disse ela.

— Não preciso — disse ele baixinho, sentindo-se cansado e derrotado. — Não preciso de mais nada. — Ele girou subitamente e sentiu a intensidade apaixonada surgir nele de novo.

— Você disse que eu era rápido... Mas isto é exatamente o que não sou. Já ouviu o ditado "os rápidos e os mortos", Elena? Rápido significa vivo; significa aqueles que têm vida. Eu pertenço à outra metade.

Ele podia ver que ela tremia. Mas a voz dela era calma e seus olhos não deixavam os dele.

— Conte — pediu ela de novo. — Stefan, eu tenho o direito de saber.

Ele reconhecia aquelas palavras. E eram tão verdadeiras quanto na primeira vez que ela as pronunciara.

— Sim, creio que tem — disse ele, e sua voz era cansada e dura. Ele olhou a janela quebrada por alguns instantes e voltou a olhar para ela, falando monotonamente. — Nasci no século XV. Acredita nisso?

Ela olhou os objetos que estavam no lugar onde tinham caído depois que ele os varrera da cômoda com um golpe furioso do braço. Os florins, a xícara de ágata, a adaga.

— Sim — disse ela suavemente. — Sim, acredito.

— E quer saber mais? Como vim a ser o que sou? — Quando ela assentiu, ele se virou para a janela de novo. Como poderia contar a ela? Ele, que tinha evitado perguntas por tanto tempo, que tinha se tornado um especialista em se esconder e ludibriar.

Só havia uma maneira, e era dizer a verdade completa, sem esconder nada. Colocar tudo diante dela, o que ele nunca oferecera a nenhuma outra alma.

E ele queria fazer isso. Embora soubesse que no fim a afastaria dele, Stefan precisava mostrar a Elena o que ele era.

E assim, fitando a escuridão do lado de fora da janela, com clarões de brilho azulado ocasionalmente iluminando o céu, ele começou.

Ele falou sem paixão, sem emoção, escolhendo com cuidado as palavras. Contou a ela de seu pai, aquele homem firme da Renascença, de seu mundo em Florença e da propriedade da família no campo. Contou a ela de seus estudos e suas ambições. De seu irmão, que era tão diferente dele, e do mal-estar entre os dois.

— Não sei quando Damon começou a me odiar — disse ele. — Sempre foi assim, desde que me entendo por gente. Talvez fosse porque minha mãe nunca se recuperou realmente de meu parto. Ela morreu alguns anos depois. Damon a amava muito e sempre tive a sensação de que ele me culpava. — Ele parou e engoliu em seco. — E mais tarde houve uma mulher.

— Aquela que parece comigo? — disse Elena suavemente. Ele assentiu. — Aquela — disse ela, mais hesitante — que lhe deu o anel?

Ele olhou o anel de prata no dedo, depois encontrou os olhos dela. E em seguida, lentamente, puxou o anel que usava na corrente sob a camisa e olhou para ele.

— Sim. Este era o anel dela — disse ele. — Sem um talismã desses, morreríamos à luz do sol, queimados como numa fogueira.

— Então ela era... igual a você?

— Ela me tornou o que sou. — Sem se deter, ele contou a Elena sobre Katherine. Sobre a beleza e a doçura de Katherine, e sobre seu amor por ela. E sobre o de Damon.

— Ela era gentil demais, cheia de afeto demais — disse ele por fim, dolorosamente. — Ela cedia a todos, inclusive a meu irmão. Mas dissemos a ela que precisava escolher entre nós dois. E depois... Ela me procurou.

Voltou com força a lembrança daquela noite, daquela noite doce e terrível. Ela o procurara. E ele ficara tão feliz, tomado pelo espanto e pela alegria. Ele tentou contar a Elena sobre isso, encontrar as palavras. Durante toda aquela noite ele ficara tão feliz, e mesmo na manhã seguinte, quando acordou e ela se fora, ele foi entronizado no mais elevado júbilo...

Quase podia ter sido um sonho, mas as duas pequenas feridas em seu pescoço eram reais. Ele ficou surpreso ao descobrir que não doíam e que pareciam estar parcialmente curadas. Elas eram escondidas pela gola alta de sua camisa.

Agora o sangue *dela* ardia em suas veias, pensou ele, e as próprias palavras fizeram seu coração disparar. Ela lhe dera sua força; ela o escolhera.

Ele até teve um sorriso para Damon quando eles se encontraram no local designado naquela noite. Damon estivera ausente da casa o dia todo, mas apareceu no jardim meticulosamente bem cuidado na hora exata, e ficou encostado numa árvore, ajeitando os punhos da camisa. Katherine estava atrasada.

— Talvez ela esteja cansada — sugeriu Stefan, olhando o céu cor de melão esmaecer num profundo azul noturno. Ele tentou manter a presunção longe de sua voz. — Talvez ela precise de mais descanso do que o de costume.

Damon o encarou, incisivo, os olhos escuros e penetrantes sob o emaranhado de cabelos pretos.

— Talvez — disse ele num tom crescente, como se não fosse falar mais nada.

Mas depois eles ouviram passos leves no caminho e Katherine apareceu entre a sebe. Estava com seu vestido branco e linda como um anjo.

Ela abriu um sorriso para os dois. Stefan retribuiu o sorriso educadamente, falando do segredo dos dois apenas com os olhos. Então eles esperaram.

— Vocês me pediram para tomar minha decisão — disse ela, olhando primeiro para ele e depois para o irmão. — E agora chegou a hora que determinei, e lhes direi o que decidi.

Ela ergueu a mão pequena, aquela com o anel, e Stefan olhou a pedra, percebendo que era do mesmo azul-escuro do céu noturno. Era como se Katherine sempre carregasse consigo um pedaço da noite.

— Os dois viram o anel — disse ela em voz baixa. — E sabem que, sem ele, eu morreria. Não é fácil conseguir que façam estes talismãs, mas felizmente minha criada Gudren é inteligente. E há muitos ourives em Florença.

Stefan ouvia sem entender, mas quando ela se virou para ele, ele sorriu de novo, estimulando-a.

— E assim — disse ela, sem desviar os olhos dele —, mandei fazer um presente para você. — Ela pegou a mão dele e colocou algo nela. Quando ele olhou, viu que era um anel com o mesmo feitio, porém maior e mais pesado, e incrustado em prata em vez de ouro.

— Por ora não precisará dele para enfrentar o sol — disse ela com delicadeza, sorrindo. — Mas em breve precisará.

O orgulho e o êxtase o deixaram mudo. Ele estendeu o braço para lhe beijar a mão, querendo tomá-la nos braços ali mesmo, diante de Damon. Mas Katherine estava se afastando.

— E para você — disse ela, e Stefan pensou que seus ouvidos o deviam estar traindo, porque certamente o calor, a ternura na voz de Katherine não podia ser para seu irmão —, para você também. Precisará dele em breve também.

Os olhos de Stefan também deviam ser traidores. Mostravam-no o que era impossível, o que não podia ser. Na mão de Damon, Katherine colocava um anel idêntico ao dele.

O silêncio que se seguiu foi completo, como o silêncio após o fim do mundo.

— Katherine... — Stefan mal teve forças para pronunciar as palavras. — Como pode dar isso a *ele*? Depois do que compartilhamos...

— O que *vocês* compartilharam? — A voz de Damon foi como o estalo de um chicote e ele se virou com raiva para Stefan. — Na noite passada ela veio *a mim*. A decisão já foi tomada. — E Damon baixou a gola alta para mostrar as duas feridas minúsculas no pescoço. Stefan as encarou, reprimindo a forte náusea. Eram idênticas às que ele próprio trazia.

Ele sacudiu a cabeça completamente espantado.

— Mas Katherine... Não foi um sonho. Você veio *a mim*...

— Eu procurei os dois. — A voz de Katherine era tranquila, até agradável, e seus olhos eram serenos. Ela sorriu para Damon e depois para Stefan. — Isso me enfraqueceu, mas estou feliz por ter feito. Não entendem? — Ela continuou enquanto eles a fitavam, admirados demais para falar. — Esta é a minha decisão! Eu amo os dois e não abrirei mão de nenhum de vocês. Agora nós três ficaremos juntos e seremos felizes.

— Felizes... — Stefan disse numa voz sufocada.

— Sim, felizes! Nós três seremos companheiros, alegres companheiros, para sempre. — Sua voz se elevou de exaltação e a luz de uma criança radiante brilhou em seus olhos. — Ficaremos juntos para sempre, jamais adoeceremos, jamais envelheceremos, até o fim dos tempos! Esta é a minha decisão.

— Feliz... com *ele*? — A voz de Damon tremia de fúria e Stefan viu que o irmão normalmente controlado estava lívido de raiva. — Com esse *menino* se colocando entre nós, este palrador, esse protótipo bombástico da virtude? Mal consigo suportar olhar para ele agora. Espero, por Deus, nunca mais vê-lo, nunca mais ouvir sua voz!

— E desejo o mesmo para *você*, irmão — rosnou Stefan, o coração rasgando em seu peito. Isto era culpa de Damon; Damon tinha envenenado a mente de Katherine para que ela não soubesse mais o que fazia. — E estou inclinado a me certificar disto — acrescentou ele com violência.

Damon não teve dúvida da ameaça.

— Então pegue sua espada, se puder encontrá-la — sibilou ele em resposta, os olhos escuros e ameaçadores.

— Damon, Stefan, por favor! Não, por favor! — exclamou Katherine, colocando-se entre eles, pegando o braço de Stefan. Ela olhou de um para outro, os olhos azuis arregalados de choque e brilhando de lágrimas que não eram vertidas. — Pensem no que estão dizendo. Vocês são irmãos.

— Mas não por culpa minha — disse Damon, fazendo das palavras uma maldição.

— Mas não podem fazer as pazes? Por mim, Damon... Stefan? *Por favor?*

Parte de Stefan queria derreter ao olhar desesperado de Katherine, às lágrimas dela. Mas o orgulho ferido e o ciúme eram fortes demais e ele sabia que seu rosto estava tão rígido e inflexível quanto o de Damon.

— Não — disse ele. — Não podemos. Deve ser um ou outro, Katherine. Nunca a partilharei com *ele.*

A mão de Katherine deixou o braço de Stefan e as lágrimas caíram de seus olhos, gotas grandes que se esparramaram no vestido branco. Ela prendeu a respiração num soluço arrebatado. Em seguida, ainda chorando, ergueu a saia e correu.

— E depois Damon colocou o anel que ela lhe deu — disse Stefan, a voz rouca de emoção e de tanto falar. — E me disse: "Eu ainda a terei, *irmão."* E depois se afastou. — Ele se virou, piscando como se viesse da escuridão para a luz, e olhou para Elena.

Ela estava sentada imóvel na cama, fitando-o com aqueles olhos que eram tão parecidos com os de Katherine. Especialmente agora, quando estavam cheios de tristeza e pavor. Mas Elena não fugiu. Ela falou com ele.

— E... o que aconteceu?

As mãos de Stefan se fecharam violentamente por reflexo e ele se afastou repentinamente da janela. Essa lembrança não. Ele não suportava essa lembrança, e muito menos tentaria *fa-*

lar dela. Como poderia fazer isso? Como levaria Elena para aquelas trevas e lhe mostraria as coisas terríveis que se ocultavam ali?

— *Não* — disse ele. — Não posso. *Não posso.*

— Você precisa me contar — pediu ela delicadamente. — Stefan, é o final da história, não é? É o que está por trás de todos os seus muros, é o que você tem medo de me deixar ver. Mas você precisa deixar. Ah, Stefan, não pode parar agora.

Ele podia sentir o horror alcançando-o, o poço escancarado que vira com tanta clareza, sentira com tanta clareza tanto tempo atrás. No dia em que tudo terminara — quando tudo começara.

Ele sentiu pegarem suas mãos e quando desviou o olhar viu que os dedos de Elena se fechavam nelas, dando-lhe calor, dando-lhe forças. Os olhos dela estavam fixos nos dele.

— Conte.

— Quer saber o que aconteceu depois, o que foi feito de Katherine? — sussurrou ele. Ela assentiu, os olhos quase cegos, mas ainda firmes. — Então vou lhe contar. Ela morreu no dia seguinte. Meu irmão Damon e eu, nós a matamos.

14

Elena sentiu o corpo se arrepiar com as palavras.
— Você não está falando sério — disse ela, trêmula. Ela se lembrava do que tinha visto no telhado, o sangue sujando a boca de Stefan, e se obrigou a não recuar dele. — Stefan, eu conheço você. Não pode ter feito isso...

Ele ignorou seus protestos, apenas continuou a encará-la com os olhos verdes que queimavam como o gelo, uma frieza intensa e profunda. Ele olhava através dela, para uma distância incompreensível.

— Enquanto eu estava deitado na cama naquela noite, esperei, em vão, que ela viesse. Já havia percebido algumas mudanças em mim. Podia enxergar melhor no escuro; parecia que eu podia ouvir melhor. Eu me sentia mais forte do que nunca, cheio de uma energia elementar. E estava faminto.

"Eu tinha uma fome que nunca imaginara. No jantar, descobri que a comida e a bebida comuns não me satisfaziam. E depois vi o pescoço branco de uma das criadas e entendi por quê. — Ele respirou fundo, os olhos escuros e torturados. — Naquela noite, resisti à necessidade, embora requeresse toda a minha força de vontade Fiquei pensando em Katherine e rezando para que ela viesse a mim. Rezando! — Ele soltou uma risada curta. — Se uma criatura como eu pode rezar."

Os dedos de Elena estavam dormentes por causa da pressão de Stefan, mas ela tentou apertá-los, para tranquilizá-lo.

— Continue, Stefan.

Ele agora não tinha dificuldades para falar. Parecia quase ter se esquecido da presença dela, como se estivesse contando a história para si mesmo.

— Na manhã seguinte, a necessidade era mais forte. Era como se minhas próprias veias estivessem secas e rachadas, desesperadas pelo fluido. Eu sabia que não podia suportar por muito tempo.

"Fui aos aposentos de Katherine. Pretendia pedir a ela, implorar-lhe... — Sua voz falhou, ele se interrompeu, depois prosseguiu. — Mas Damon já estava lá, esperando do lado de fora do quarto. Eu podia ver que *ele* não tinha resistido à necessidade. O brilho de sua pele, a agilidade de seu passo me disseram isso. Ele parecia presunçoso como um peixe na água.

"Mas ele não teve Katherine. 'Bata, se quiser', disse-me ele, 'mas a mulher dragão aí dentro não o deixará entrar. Já tentei. Devemos dominá-la, eu e você?'

"Não respondi. Sua expressão, aquele olhar astuto e convencido me repelia. Soquei tanto a porta que poderia acordar os..." Ele se interrompeu, depois de outra risada sem humor. "Eu ia dizer 'acordar os mortos'. Mas não é assim tão difícil acordar os mortos, é?"

Depois de um momento, ele continuou.

— A criada, Gudren, abriu a porta. Tinha o rosto como um prato branco e achatado, os olhos como vidro preto. Perguntei-lhe se eu podia ver a senhora. Eu esperava ouvir que Katherine estava dormindo, mas em vez disso Gudren só olhou para mim, depois para Damon, por sobre meu ombro.

"'Eu não diria a *ele*', disse ela por fim, 'mas direi ao senhor. Minha senhora Katherine não está. Ela saiu de manhã cedo, para caminhar nos jardins. Disse que precisava muito pensar.'

"Fiquei surpreso. 'De manhã cedo?', perguntei.

"'Sim', respondeu ela. Ela olhou com franqueza para mim e Damon. 'Minha senhora estava muito infeliz na noite passada', disse ela sugestivamente. 'Chorou a noite toda.'

"Quando ela disse isso, uma sensação estranha me dominou. Não era só vergonha e pesar por Katherine estar tão infeliz. Era medo. Eu esqueci de minha fome e fraqueza. Até me esqueci de minha inimizade por Damon. Estava cheio de pressa e de uma imensa urgência. Virei-me para Damon e lhe disse que tínhamos de encontrar Katherine, e para minha surpresa ele assentiu.

"Começamos a procurar nos jardins, chamando por Katherine. Lembro-me exatamente de como estava tudo naquele dia. O sol brilhava nos ciprestes altos e nos pinheiros do jardim. Damon e eu corríamos entre eles, movimentando-nos cada vez mais rápido, e chamávamos. Continuamos chamando por ela..."

Elena pôde sentir os tremores no corpo de Stefan, transmitidos a ela pelos dedos firmes em sua mão. Ele respirava rapidamente, mas de forma superficial.

— Quase havíamos chegado ao final dos jardins quando me lembrei de um lugar que Katherine adorava. Era uma trilhazinha no campo, um muro baixo ao lado de um limoeiro. Parti para lá, gritando por ela. Mas à medida que me aproximava, parei de gritar. Senti... um medo... uma premonição terrível. E eu sabia que não devia... não devia ir...

— Stefan! — disse Elena. Ele a estava machucando, os dedos apertando os dela, esmagando-os. Os tremores que percorriam seu corpo aumentavam, transformando-se em sacolejos. — Stefan, por favor!

Mas ele não deu sinal de que a ouvira.

— Foi como... um pesadelo... Tudo acontecendo devagar demais. Eu não conseguia me mexer... E ainda tinha de fazer isso. Tinha de continuar andando. A cada passo, o medo ficava mais forte. Eu podia sentir o cheiro. Um cheiro de gordura queimada. Não devia ir até lá... Eu não queria ver...

Sua voz se tornou alta, urgente, a respiração saindo aos espasmos. Os olhos estavam arregalados e dilatados, como os de uma criança apavorada. Elena agarrou os dedos dele com a outra mão, envolvendo-os completamente.

— Stefan, está tudo bem. Você não está lá. Está aqui comigo.

— Eu não quero ver... Mas não posso evitar. Há alguma coisa branca. Algo branco debaixo da árvore. Não me faça olhar para isso!

— Stefan, Stefan, olhe para mim!

Ele não ouvia. As palavras saíam em espasmos arquejantes, como se ele não pudesse controlá-las, não conseguisse que saíssem com rapidez suficiente.

— Não posso chegar mais perto... Mas farei isso. Estou vendo a árvore, o muro. E a coisa branca. Atrás da árvore. Branca com dourado por baixo. E então eu sei, eu sei, e estou me aproximando porque é o vestido dela. O vestido branco de Katherine. E eu contorno a árvore e o vejo no chão, e é verdade. É o vestido de Katherine... — Sua voz se elevou e se interrompeu num pavor inimaginável — ...mas Katherine não está ali.

Elena sentiu um arrepio, como se o corpo tivesse sido mergulhado em água gelada. Sua pele se eriçou em arrepios e ela tentou falar com Stefan, mas não conseguiu. Ele se sacudia como se afugentasse o terror ao continuar falando.

— Katherine não estava ali, então talvez fosse uma piada, mas o vestido estava no chão, cheio de cinzas. Como as cinzas na lareira, exatamente igual, só que com o cheiro de carne recém-queimada. Fedia. O cheiro me deixa nauseado e com vertigem. Ao lado da manga do vestido está um pergaminho. E, numa pedra, uma pedra a pouca distância, está um anel. Um anel com uma pedra azul, o anel de Katherine. O anel de Katherine... — De repente, ele exclama numa voz terrível. — Katherine, o que você *fez*? — Depois Stefan caiu de joelhos, soltando enfim os dedos de Elena, para enterrar o rosto nas mãos.

Elena o abraçou enquanto ele era tomado de fortes soluços. Ela segurou seus ombros, puxando-o para seu colo.

— Katherine tirou o anel — sussurrou ela. Não era uma pergunta. — Ela se expôs ao sol.

Seu choro áspero continuava, enquanto ela o sustentava na saia do vestido azul, afagando os ombros trêmulos. Ela murmurou coisas sem sentido para acalmá-lo, tentando se livrar do próprio pavor. E então ele se aquietou e levantou a cabeça. Ele falou numa voz espessa, mas parecia ter voltado ao presente, ter retornado.

— O pergaminho era um bilhete, para mim e Damon. Dizia que ela fora egoísta, querendo os dois. Dizia... que ela não suportava ser o motivo de discórdia entre nós. Ela esperava que depois de sua partida nós não nos odiássemos mais. Ela fez aquilo para nos unir.

— Ah, Stefan — sussurrou Elena. Ela sentiu lágrimas ardentes de solidariedade caírem de seus olhos. — Ah, Stefan. Eu sinto tanto. Mas não entende que, depois de todo esse tempo, o que Katherine fez foi errado? Foi egoísta, mesmo, e foi a decisão *dela*. De certo modo, não tem nada a ver com você, nem com Damon.

Stefan sacudiu a cabeça como que para afugentar a verdade daquelas palavras.

— Ela deu a vida... por isso. Nós a matamos. — Ele agora estava sentado. Mas os olhos ainda estavam dilatados, grandes discos pretos, e ele tinha o olhar de um menino confuso.

— Damon apareceu atrás de mim. Pegou o bilhete e leu. E depois... Acho que ele enlouqueceu. Nós dois enlouquecemos. Eu tinha pegado o anel de Katherine e ele tentou tomá-lo. Não devia ficar com ele. Nós lutamos. Dissemos coisas horríveis um ao outro. Não me lembro de como voltamos para casa; mas de repente eu estava com minha espada. Nós lutamos. Eu queria destruir aquela cara arrogante para sempre, matá-lo. Lembro-me de meu pai gritando da casa. Lutamos com mais intensidade, para terminar antes que ele nos alcançasse.

"E estávamos emparelhados. Mas Damon sempre foi mais forte, e naquele dia ele também parecia mais rápido, como se tivesse se transformado mais do que eu. E assim, enquanto meu pai ainda gritava da janela, senti a lâmina de Damon passar por minha guarda. Depois a senti entrar em meu coração.

Elena fitava, espantada, mas ele continuou sem parar.

— Senti a dor do aço, senti que penetrava através de mim, fundo, bem fundo. Penetrando completamente, um golpe duro. E depois a força fugiu de mim e eu caí. Fiquei deitado no chão.

Ele olhou para Elena e concluiu simplesmente.

— E foi assim que eu... morri.

Elena ficou imóvel, sentada ali, como se o gelo que sentira no peito mais cedo tivesse transbordado e a tolhesse.

— Damon se aproximou e se curvou sobre mim. Eu podia ouvir os gritos de meu pai de longe, e gritos da casa, mas só o que podia ver era o rosto de Damon. Aqueles olhos escuros que eram como uma noite sem luar. Eu queria feri-lo pelo que ele me fizera. Por tudo o que ele me fizera, e a Katherine. — Stefan ficou em silêncio por um momento, depois disse, quase sonhador: — Depois levantei minha espada e o matei. Com o que restava de minhas forças, atingi o coração de meu irmão.

A tempestade havia se afastado e pela janela quebrada Elena podia ouvir suaves ruídos noturnos, o cantar de grilos, o vento esquadrinhando as árvores. No quarto de Stefan, tudo estava muito quieto.

— Não tive consciência de nada até despertar em meu túmulo — disse Stefan.

Ele se curvou para trás, afastando-se dela, e fechou os olhos. Seu rosto estava atormentado e exausto, mas aquele horrível devaneio pueril se fora.

— Damon e eu tivemos o suficiente do sangue de Katherine para evitar a morte real. Em vez disso, nos transformamos. Acordamos juntos em nosso túmulo, vestidos com as melhores roupas, deitados nas lajes, lado a lado. Estávamos fracos demais para nos machucar; o sangue tinha sido apenas o suficiente. E estávamos confusos. Chamei por Damon, mas ele correu para a noite.

"Felizmente, tínhamos sido enterrados com os anéis que Katherine nos dera. E eu encontrei o anel dela em meu bolso.

Como que inconscientemente, Stefan afagou o aro de ouro.

— Acho que eles pensaram que ela o dera a mim.

"Tentei ir para casa. Isso foi idiotice. Os criados gritaram ao me ver e correram para chamar um padre. Eu corri também. Para o único lugar em que ficava seguro, no escuro.

"E foi onde fiquei desde então. Onde é o meu lugar, Elena. Eu matei Katherine com meu orgulho e meu ciúme, e matei Damon com meu ódio. Mas fiz pior do que matar meu irmão. Eu o condenei.

"Se ele não tivesse morrido, com o sangue de Katherine tão forte em suas veias, ele teria tido uma chance Com o tempo o sangue teria ficado mais fraco, e depois desaparecido. Ele teria se tornado um ser humano normal de novo. Ao matá-lo, eu o condenei a viver na noite. Tirei sua única oportunidade de salvação."

Stefan riu, amargurado.

— Sabe o que o nome Salvatore significa em italiano, Elena? Significa salvação, salvador. Assim fui batizado, e em homenagem a Santo Estêvão, o primeiro mártir cristão. E eu condenei meu irmão ao inferno.

— Não — disse Elena. E depois, numa voz mais forte, ela disse: — Não, Stefan. Ele se condenou. Ele matou *você*. Mas o que aconteceu com ele depois disso?

— Durante algum tempo, ele se uniu a uma das Companhias Livres, mercenários impiedosos cujo negócio era roubar e pilhar. Vagou pelo país com eles, lutando e bebendo o sangue de suas vítimas.

"Na época eu estava morando fora dos portões da cidade, meio faminto, predando animais, eu mesmo um deles. Por um bom tempo, não soube nada de Damon. Depois, um dia, ouvi sua voz em minha mente.

"Ele era mais forte do que eu, porque estava bebendo sangue humano. E matando. Os humanos têm a essência vital mais forte e seu sangue confere poder. E, quando eles são mortos, de algum modo a essência vital dada por eles é a mais forte de todas. É como se a alma fosse mais vibrante naqueles últimos momentos de pavor e luta. Porque Damon matava humanos, ele era capaz de recorrer aos Poderes mais do que eu."

— Que... poderes? — disse Elena. Uma ideia crescia em sua mente.

— Força, como você disse, e rapidez. Todos os sentidos mais aguçados, especialmente à noite. Aqueles que são fundamentais. Também podemos... sentir a mente dos outros. Podemos sentir a presença da mente e às vezes a natureza de seus pensamentos. Podemos lançar confusão em mentes mais fracas, ou para superá-las, ou para curvá-las à nossa vontade. Existem outros. Com sangue humano suficiente, podemos mudar de forma, tornarmo-nos animais. E quanto mais você matar, mais fortes se tornam todos os Poderes.

"A voz de Damon em minha mente era muito forte. Ele disse que agora era *condotieri* de sua companhia e estava voltando a Florença. Disse que se eu estivesse lá quando ele chegasse, ele me mataria. Eu acreditei e parti. Eu o vi uma ou duas vezes desde então. A ameaça sempre é a mesma e ele é sempre mais poderoso. Damon obteve o máximo de sua natureza e parecia ufanar-se em seu lado mais sombrio.

"Mas é minha natureza também. As mesmas trevas estão dentro de mim. Pensei que podia conquistá-las, mas estava enganado. Por isso vim para cá, a Fell's Church. Pensei que se me acomodasse numa cidade pequena, longe de todas as velhas lembranças, eu poderia escapar das trevas e, em vez disso, esta noite matei um homem.

— *Não* — disse Elena com vigor. — Não acredito nisso, Stefan. — Sua história era cheia de horror e compaixão... E também medo. Ela admitia isso. Mas o asco tinha desaparecido e só havia uma coisa de que Elena tinha certeza: Stefan não era um assassino. — O que aconteceu esta noite, Stefan? Você discutiu com Tanner?

— Eu... não me lembro — disse ele com tristeza. — Usei o Poder para convencê-lo a fazer o que vocês queriam. Depois saí. Mas mais tarde senti a vertigem e a fraqueza me dominarem. Foi como antes. — Ele olhou diretamente para ela. — Da última vez que aconteceu, foi no cemitério, perto da igreja, na noite em que Vickie Bennett foi atacada.

— Mas você não fez isso. Não *pode* ter feito isso... Não é, Stefan?

— Não sei — disse ele asperamente. — Que outra explicação existe? E eu tirei sangue do velho debaixo da ponte, naquela noite em que vocês fugiram do cemitério. Eu teria jurado que não tirei o suficiente para prejudicá-lo, mas ele quase morreu. E eu estava presente quando Vickie e Tanner foram atacados.

— Mas você não se lembra de tê-los atacado — disse Elena, aliviada. A ideia que crescia em sua mente agora era quase uma certeza.

— Que diferença isso faz? Quem mais pode ter feito isso, se não eu?

— Damon — disse Elena.

Ele se encolheu e ela viu seus ombros enrijecerem de novo.

— É uma boa suposição. Eu esperava, em princípio, que pudesse haver uma explicação dessas. Que pudesse ser outra pessoa, alguém como meu irmão. Mas procurei com minha mente e nada descobri, nenhuma outra presença. A explicação mais simples é que o assassino sou eu.

— Não — disse Elena —, você não entende. Eu não quis dizer só que alguém como Damon pode ter feito as coisas que vimos. Quis dizer que Damon está aqui, em Fell's Church. Eu o vi.

Stefan se limitou a encará-la.

— Deve ter sido ele — disse Elena, respirando fundo. — Eu já o vi duas vezes, talvez três. Stefan, você acaba de me contar uma longa história e agora eu tenho outra para contar a você.

Com a maior rapidez e simplicidade que pôde, ela contou a ele sobre o que acontecera no ginásio e na casa de Bonnie. Os lábios dele se estreitaram numa linha branca quando ela contou sobre como Damon tentara beijá-la. O rosto dela ficou quente ao se lembrar da própria reação, como quase cedera a ele. Mas Elena contou tudo a Stefan.

Sobre o corvo também, e todas as outras coisas estranhas que aconteceram desde que ela voltara da França.

— E, Stefan, acho que Damon estava na Casa Mal-Assombrada esta noite — concluiu ela. — Pouco depois de você ficar tonto na sala da frente, alguém passou por mim. Estava vestido de... de Morte, com um manto preto e capuz, e não consegui ver seu rosto. Mas alguma coisa no modo como andava era familiar. Era ele, Stefan. Damon esteve lá.

— Mas isso ainda não explica as outras vezes. Vickie e o velho. Eu *tirei* sangue do velho. — O rosto de Stefan estava tenso, como se ele estivesse com medo de ter esperanças.

— Mas você disse que não tirou o bastante para causar danos a ele. Stefan, quem sabe o que aconteceu àquele homem depois que você saiu? Não era a coisa mais fácil do mundo para Damon atacá-lo depois? Em especial se Damon anda espionando você o tempo todo, talvez assumindo outra forma...

— Como a de um corvo — murmurou Stefan.

— Como a de um corvo. E quanto a Vickie... Stefan, você disse que lança confusão sobre mentes mais fracas, dominando-as. Não pode ser que Damon fizesse isso com você? Subjugando sua mente como você pode subjugar a mente humana?

— Sim, e pode esconder sua presença de mim. — Havia uma empolgação crescente na voz de Stefan. — Foi por isso que ele não respondeu a meus chamados. Ele queria...

— Ele só queria que acontecesse o que aconteceu. Ele queria que você duvidasse de si mesmo, pensasse que era o assassino. *Mas isso não é verdade, Stefan*. Ah, Stefan, agora você sabe disso e não precisa ter medo. — Ela se levantou, sentindo a alegria e o alívio tomarem seu corpo. Daquela noite horrenda, saíra uma coisa maravilhosa.

— É por isso que você fica tão distante de mim, não é? — disse ela, estendendo as mãos para ele. — Porque tem medo do que pode fazer. Mas não precisa mais disso.

— *Não preciso?* — Ele respirava rapidamente de novo, e olhou as mãos estendidas de Elena como se fossem duas serpentes. — Acha que não há motivos para ter medo? Damon pode ter atacado essas pessoas, mas ele não controla meus pensamentos. E você não sabe o que ando pensando sobre você.

Elena manteve a voz estável.

— Você não quer me machucar — disse ela, com segurança.

— Não? Houve ocasiões, vendo você em público, em que eu mal conseguia suportar não tocar em você. Quando fiquei tão tentado por seu pescoço branco, seu pequeno pescoço branco com as veias azul-claras por baixo da pele... — Seus olhos estavam fixos no pescoço de Elena de uma forma que a lembrou dos olhos de Damon, e ela sentiu o coração acelerar. — Ocasiões em que pensei que a pegaria à força, ali mesmo na escola.

— Não há necessidade de me forçar a nada — disse Elena. Agora ela podia sentir a pulsação em toda parte; em seus punhos e no interior dos cotovelos... e no pescoço. — Eu tomei minha decisão, Stefan — disse ela suavemente, sustentando o olhar dele. — Eu quero.

Ele engoliu em seco com dificuldade.

— Não sabe o que está pedindo.

— Acho que sei. Você me disse como foi com Katherine, Stefan. Quero que seja assim conosco. Não quero que você me transforme. Mas podemos compartilhar um pouco sem que isto aconteça, não é? Eu sei — acrescentou ela, ainda mais suavemente — o quanto você amou Katherine. Mas ela agora se foi e eu estou aqui. E eu te amo, Stefan. Quero ficar com você.

— Não sabe do que está falando! — Ele estava de pé, rígido, o rosto furioso, os olhos angustiados. — Se eu ceder uma só vez, o que vai me *impedir* de transformar você, ou matá-la? A paixão é mais forte do que você pode imaginar. Não entende ainda o que sou, o que posso fazer?

Ela ficou parada ali e o olhou em silêncio, o queixo empinando um pouco. Isso pareceu enfurecê-lo.

— Será que ainda não entendeu? Ou terei de mostrar mais? Não pode imaginar o que posso fazer com você? — Ele andou até a lareira apagada e pegou uma acha longa de madeira, mais grossa do que os pulsos de Elena juntos. Com um só movimento, ele a partiu em duas, como se fosse um palito de fósforo. — *Seus* ossos frágeis — disse ele.

Do outro lado do quarto, estava um travesseiro; ele pegou e deixou em frangalhos a seda que o revestia com um golpe das unhas.

— *Sua* pele macia. — Depois ele se aproximou de Elena com uma velocidade sobrenatural; ele estava ali e a segurava pelos ombros antes que ela se desse conta do que estava acontecendo. Ele a olhou no rosto por um momento, depois, com um silvo selvagem que eriçou os pelos da nuca de Elena, repuxou os lábios.

Era o mesmo rosnado que ela vira no telhado, aqueles dentes expostos, os caninos crescendo a uma proporção e agudeza inacreditáveis. Eram as presas de um caçador, um assassino.

— *Seu* pescoço branco — disse ele numa voz distorcida.

Elena ficou paralisada por mais um instante, olhando como se impelida por aquela visão arrepiante, mas depois alguma coisa no fundo de seu inconsciente a dominou. Ela estendeu as mãos por dentro do círculo restritivo dos braços dele e pegou seu rosto. As bochechas de Stefan eram frias em suas palmas. Ela o segurou, suavemente, com muita delicadeza, como que para reprovar o aperto forte de Stefan em seus ombros despidos. E ela viu a confusão aparecer aos poucos naquele rosto, enquanto ele percebia que ela não ia brigar com ele, nem o afastaria.

Elena esperou até que a confusão chegasse aos olhos de Stefan, espatifando seu olhar, transformando-o quase numa expressão de súplica. Ela sabia que seu próprio rosto era destemido, suave porém intenso, os lábios meio separados. Os dois agora respiravam rapidamente, juntos, no mesmo ritmo. Elena podia sentir quando ele começou a tremer, como tinha feito quando as lembranças de Katherine foram um fardo demasiado. Depois, com muita delicadeza e decisão, ela puxou aquela boca que rosnava para a dela.

Ele tentou se opor. Mas a gentileza dela era mais forte do que toda a sua força inumana. Ela fechou os olhos e pensou apenas em Stefan, não nas coisas medonhas que soubera esta noite, só em Stefan, que tinha afagado seu cabelo com tanta delicadeza, como se ela pudesse se quebrar em suas mãos. Ela pensou nisso e beijou a boca predadora que a ameaçara só há alguns minutos.

Ela sentiu a mudança, a transformação na boca de Stefan enquanto ele se rendia, reagindo desamparado a ela, encontrando seus beijos macios com igual suavidade. Ela sentiu o tremor percorrer o corpo de Stefan enquanto o aperto firme em seus ombros também se suavizava, tornando-se um abraço. E ela entendeu que vencera.

— Você jamais vai me machucar — sussurrou ela.

Era como se eles estivessem afugentando aos beijos todo o medo, desolação e solidão dentro deles. Elena sentiu a paixão atravessá-la como um raio numa tempestade de verão, e podia sentir a reação apaixonada em Stefan. Mas infundindo todo o resto havia uma gentileza quase assustadora nesta intensidade. Não havia necessidade de pressa nem rispidez, pensou Elena enquanto Stefan gentilmente a guiava para se sentar.

Aos poucos, os beijos ficaram mais urgentes e Elena sentiu um leve palpitar por todo o corpo, eletrizando-o, fazendo seu coração martelar e a respiração se acelerar. Fez com que ela se sentisse estranhamente mole e tonta, fez com que fechasse os olhos e deixasse a cabeça tombar para trás, em completo abandono.

Está na hora, Stefan, pensou ela. E, muito delicadamente, de novo puxou a boca dele para baixo, desta vez para o pescoço. Ela sentiu os lábios de Stefan roçarem sua pele, sentiu o hálito quente e frio ao mesmo tempo. Depois sentiu a pontada afiada.

Mas a dor desapareceu quase de imediato. Foi substituída por uma sensação de prazer que a fez tremer. Uma grande doçura a dominou, fluindo através dela para Stefan.

Por fim ela se viu olhando em seu rosto, para o rosto que enfim não tinha barreiras contra ela, não tinha muros. E o olhar que viu ali a deixou fraca.

— Você confia em mim? — sussurrou ele. E quando ela simplesmente assentiu, ele sustentou o olhar e estendeu a mão para alguma coisa ao lado da cama. Era a adaga. Ela a olhou sem medo, depois fixou os olhos de novo no rosto de Stefan.

Ele não tirou os olhos dela enquanto sacava a lâmina da bainha e fazia um pequeno corte na base do próprio pescoço. Elena olhou para aquilo de olhos arregalados, para o sangue brilhante como azevinho, mas, quando ele a instou para a frente, ela não tentou resistir.

Depois disso, ele a segurou ali por um bom tempo, enquanto os grilos do lado de fora faziam sua música. Por fim, ele se agitou.

— Queria que você ficasse aqui — sussurrou ele. — Queria que ficasse para sempre. Mas você não pode.

— Eu sei — respondeu ela, igualmente tranquila. Os olhos dos dois se encontraram novamente numa comunhão silenciosa. Havia tanta coisa a dizer, tantos motivos para ficar juntos. — Amanhã — disse ela. Em seguida, encostando-se em seu ombro, ela sussurrou: — Aconteça o que acontecer, Stefan, eu estarei com você. Diga que acredita nisso.

A voz dele, baixa, abafada em seu cabelo.

— Ah, Elena, eu acredito. Aconteça o que acontecer, ficaremos juntos.

15

Assim que deixou Elena em casa, Stefan foi para o bosque.

Ele pegou a Old Creek Road, dirigindo sob as nuvens soturnas através das quais não se podia ver nenhum trecho do céu, até o lugar onde estacionara no primeiro dia de aula.

Saindo do carro, ele tentou refazer seus passos exatamente até a clareira onde vira o corvo. Seus instintos de caçador o ajudaram, relembrando o formato do arbusto e daquela raiz retorcida, até que ele se viu no espaço aberto margeado por antigos carvalhos.

Aqui. Sob este manto de folhas castanhas e desbotadas, ainda podia haver parte dos ossos de coelho.

Respirando longamente para se acalmar, para congregar seus Poderes, ele lançou um pensamento penetrante e exigente.

E pela primeira vez desde que chegara a Fell's Church, sentiu o palpitar de uma resposta. Mas parecia fraca e vacilante, e ele não a conseguiu localizar no espaço.

Stefan suspirou e se virou — e ficou paralisado.

Damon estava diante dele, de braços cruzados, encostado no carvalho maior. Parecia estar ali havia horas.

— E então — disse Stefan rigidamente —, é verdade. Faz muito tempo, irmão.

— Não tanto tempo quanto você pensa, *irmão*. — Stefan se lembrava daquela voz, a voz aveludada e irônica. — Eu o venho acompanhando há anos — disse Damon calmamente. Ele deu um piparote num pedaço de casca de árvore na manga da jaqueta de couro com a mesma despreocupação com que um dia arrumou os punhos de brocado. — Mas você não ia saber disso, não é? Ah, não, seus Poderes são fracos, como sempre.

— Cuidado, Damon — disse Stefan com delicadeza. Perigosamente. — Tenha cuidado esta noite. Não estou com um humor tolerante.

— Santo Estêvão, dando um ataque? Imagine. Você está atormentado, creio eu, com minhas excursões em seu território. Só fiz isso porque queria estar perto de você. Os irmãos devem ser próximos.

— Você *matou* esta noite. E tentou me fazer pensar que fui eu.

— Tem certeza de que não foi você? Talvez nós tenhamos feito isso juntos. Cuidado! — disse ele, enquanto Stefan se aproximava. — Meu humor também não é o mais tolerante do mundo esta noite. Só tive um professorzinho de história ressequido; você teve uma linda garota.

A fúria dentro de Stefan se aglutinou, parecendo se concentrar em um ponto ardente e brilhante, como um sol dentro dele.

— Fique longe de Elena — sussurrou ele com tal ameaça que Damon realmente tombou a cabeça para trás um pouco. — Fique longe dela, Damon. Sei que a andou espionando, observando-a. Mas basta. Aproxime-se dela de novo e se arrependerá.

— Você *sempre* foi egoísta. A culpa foi sua. Não está disposto a dividir nada, não é? — De repente, os lábios de Damon se curvaram num sorriso singularmente bonito. — Mas felizmente a adorável Elena é mais generosa. Ela não lhe contou sobre nossos pequenos contatos? Ora, na primeira vez que nos vimos, ela quase cedeu a mim no ato.

— Isto é mentira!

— Ah, não, meu querido irmão. Eu nunca minto sobre nada importante. Ou devo dizer desimportante? De qualquer modo, sua bela donzela quase desmaiou em meus braços. Acho que ela gosta de homens de preto. — Enquanto Stefan o encarava, tentando controlar a respiração, Damon acrescentou, quase com gentileza: — Você está enganado a respeito dela, sabia? Acha que ela é gentil e dócil, como Katherine. Ela não é. Não é o seu tipo, meu irmão santo. Ela tem espírito e fogo tais que você não saberia o que fazer com isso.

— E você sim, imagino.

Damon descruzou os braços e sorriu lentamente de novo.

— Ah, sim.

Stefan queria saltar em cima dele, esmagar aquele sorriso lindo e arrogante, dilacerar a garganta de Damon. Ele disse, numa voz que mal conseguia controlar:

— Tem razão sobre uma coisa. Ela é forte. Forte o bastante para reprimir você. E agora que sabe o que você realmente é, ela o reprimirá. Só o que ela sente por você é asco.

As sobrancelhas de Damon se ergueram.

— Agora ela sente isso? Veremos. Talvez ela venha a descobrir que a verdadeira escuridão é mais de seu gosto do que um crepúsculo tímido. Eu, pelo menos, posso admitir a verdade sobre minha natureza. Mas estou preocupado com você, meu irmãozinho. Parece fraco e mal alimentado. Ela é uma provocação, não é?

Mate-o, exigiu alguma coisa na mente de Stefan. Mate-o, corte seu pescoço, rasgue sua garganta em farrapos sangrentos. Mas ele sabia que Damon se alimentara muito bem esta noite. A aura sombria do irmão estava inchada, pulsando, quase brilhando com a essência vital que ele tomara.

— Sim, eu bebi profundamente — disse Damon satisfeito, como se soubesse o que se passava na mente de Stefan. Ele suspirou e passou a língua nos lábios numa lembrança satisfeita. — Ele era pequeno, mas tinha uma quantidade surpreendente de sumo. Não era bonito como Elena, e certamente não cheirava tão bem. Mas é sempre estimulante sentir o sangue novo cantando dentro de você.

Damon respirou prolongadamente, afastando-se da árvore e olhando em volta. Stefan também se lembrava daqueles movimentos graciosos, cada gesto controlado e preciso. Os séculos só refinaram a pose natural de Damon.

— Me dá vontade de fazer isto — disse Damon, deslocando-se a um broto de árvore a poucos metros de distância. Tinha metade de seu tamanho e, quando ele o agarrou, seus dedos não davam a volta no tronco. Mas Stefan viu a respiração rápida e o ondular de músculos sob a camisa preta e fina de Damon, e a árvore se soltou do chão, suas raízes penduradas. Stefan podia sentir o cheiro da umidade pungente da terra perturbada. — Eu não gostava dela ali mesmo — disse Damon, atirando-a à maior distância que permitiam as raízes ainda emaranhadas. Depois sorriu de um jeito envolvente. — Também me dá vontade de fazer *isto*.

Houve um tremor de movimento, depois Damon se fora. Stefan olhou em volta, mas não viu sinal dele.

— Aqui em cima, irmão.

— A voz vinha do alto e Stefan viu Damon empoleirado entre os galhos que se esparramavam do carvalho. Houve um farfalhar de folhas castanhas e ele desapareceu de novo.

— Aqui atrás, irmão.

— Stefan girou ao sentir o tapa no ombro, mas nada viu atrás dele.

— Bem aqui, irmão.

Ele girou de novo.

— Não, tente aqui.

Furioso, Stefan girou rapidamente para o outro lado, tentando pegar Damon. Mas seus dedos só agarraram o ar.

Aqui, Stefan. Desta vez a voz estava em sua mente e seu Poder o chocou em seu âmago. Era preciso uma força enorme para projetar pensamentos com tanta clareza. Lentamente, ele se virou mais uma vez e viu Damon de volta à sua posição original, encostado no carvalho grande.

Mas dessa vez o humor daqueles olhos escuros desaparecera. Eles estavam sombrios e insondáveis, e os lábios de Damon formavam uma linha reta.

De que outras provas precisa, Stefan? Sou muito mais forte do que você, como você é mais forte do que estes humanos lamentáveis. Eu também sou mais rápido do que você, e tenho outro Poder de que você mal ouviu falar. Os Antigos Poderes, Stefan. E não tenho medo de usá-los. Se lutar comigo, eu os usarei contra você.

— Foi por isso que veio para cá? Para me torturar?

Eu tenho sido misericordioso com você, irmão. Muitas vezes você foi meu para a morte, mas sempre poupei sua vida. Mas desta vez é diferente.

Damon se afastou da árvore de novo e falou em voz alta.

— Estou lhe avisando, Stefan, não se oponha a mim. Não importa o que vim fazer aqui. O que quero agora é Elena. E se tentar me impedir de tomá-la, eu o matarei.

— Pode tentar — disse Stefan. O ponto quente de fúria dentro dele ardeu com mais força do que nunca, vertendo seu brilho como toda uma galáxia de estrelas. Ele sabia, de algum modo, que isso ameaçava a escuridão de Damon.

— Acha que não posso fazer isso? Você nunca aprende, não é mesmo, irmãozinho? — Stefan teve tempo suficiente para perceber o leve tremor na cabeça de Damon quando houve outro borrão de movimento e sentiu mãos fortes o pegarem.

Ele lutou de imediato, violentamente, tentando se livrar delas com todas as forças. Mas eram como mãos de aço.

Stefan se debateu com selvageria, tentando atingir a área vulnerável abaixo do queixo de Damon. Não se saiu bem; seus braços foram presos às costas, o corpo imobilizado. Ele estava indefeso como um passarinho sob as garras de um gato habilidoso e esguio.

Stefan ficou flácido por um instante, fazendo-se de peso morto, e então, de repente, explodiu com todos os seus músculos, tentando se libertar, procurando acertar um golpe. As mãos cruéis só o apertaram mais, tornando seu esforço inútil. Ridículo.

Você sempre foi teimoso. Talvez isso o convença.

Stefan olhou na cara do irmão, pálida como as janelas de vidro fosco da pensão, e naqueles olhos escuros sem fundo. Depois sentiu dedos agarrarem seu cabelo, puxando a cabeça para trás, expondo o pescoço.

Seus esforços se redobraram, tornando-se frenéticos. *Não se incomode*, veio a voz em sua cabeça, depois Stefan sentiu a dor aguda e dilacerante de dentes. Sentiu a humilhação e o desamparo da vítima do caçador, do caçado, da presa. E em seguida a dor do sangue sendo drenado contra a sua vontade.

Stefan se recusou a ceder e a dor ficava pior, a sensação de que sua alma se desprendia, como o broto de árvore. Penetrava-lhe como lanças de fogo, concentrando-se nas perfurações de sua carne onde os dentes de Damon tinham se cravado. A agonia ardeu por seu queixo e pelo rosto, descendo pelo peito e os ombros. Ele sentiu uma onda de vertigem e percebeu que estava perdendo a consciência.

Depois, abruptamente, as mãos o soltaram e Stefan caiu no chão, em um leito de folhas de carvalho molhadas que se desmanchavam. Arfando para respirar, ficou de quatro, dolorosamente.

— Está vendo, irmãozinho? Sou mais forte do que você. Forte o suficiente para tomá-lo, tirar seu sangue e sua vida, se eu quiser. Deixe Elena para mim, ou farei isso.

Stefan olhou para cima. Damon estava parado com a cabeça atirada para trás, as pernas meio separadas, como um conquistador colocando o pé no pescoço do conquistado. Aqueles olhos escuros como a noite ardiam de triunfo e o sangue de Stefan estava em seus lábios.

O ódio encheu Stefan, um ódio como ele nunca sentira. Era como se todo o seu ódio anterior por Damon tivesse sido uma gota de água neste oceano cheio de espuma. Muitas vezes, ao longo dos séculos, ele se arrependera do que fizera ao irmão, quando quis de todo o coração mudar isso. Agora só queria fazer novamente.

— Elena não é sua — grunhiu ele, levantando-se, tentando não demonstrar o que lhe custava este esforço. — Ela nunca será.

Concentrando-se em cada passo, colocando um pé na frente do outro, Stefan começou a se afastar. Todo o seu corpo doía e a vergonha que sentia era ainda maior do que a dor física. Havia pedaços de folhas molhadas e grãos de terra grudados em suas roupas, mas ele os ignorou. Esforçou-se para continuar em movimento, lutando contra a fraqueza que envolvia seus membros.

Você não aprende nunca, irmão.

Stefan não olhou para trás, nem tentou responder. Trincou os dentes e manteve as pernas em movimento. Mais um passo. E outro. E ainda outro.

Se ele pudesse se sentar por um momento, descansar...

Mais um passo, e outro. O carro não podia estar longe. Folhas estalavam sob seus pés, depois ele ouviu o estalo de folhas atrás dele.

Stefan tentou se virar rapidamente, mas seus reflexos quase tinham desaparecido. E o movimento abrupto foi demais para ele. A escuridão o tomou, encheu o corpo e a mente, e ele estava caindo. Ele caiu para sempre na escuridão da noite absoluta. E depois, misericordiosamente, perdeu a consciência.

16

Elena correu para a Robert E. Lee como se estivesse afastada de lá havia anos. A noite anterior parecia algo de sua infância distante, mal conseguia recordar. Mas ela sabia que hoje teria que enfrentar suas consequências.

Na noite anterior, Elena teve de encarar tia Judith. A tia ficou terrivelmente perturbada quando os vizinhos contaram sobre o assassinato, e ainda mais perturbada porque ninguém parecia saber o paradeiro de Elena. Quando Elena chegou em casa, quase às duas da manhã, ela estava frenética de preocupação.

Elena não conseguiu explicar. Só pôde dizer que estava com Stefan, e que ela sabia que ele fora acusado, e que ela sabia que ele era inocente. Todo o resto, tudo o que acontecera, teve de guardar para si mesma. Mesmo que acreditasse, tia Judith jamais compreenderia.

E hoje Elena tinha dormido demais, e estava atrasada. As ruas estavam desertas exceto por ela, que corria para a escola. No alto, o céu era cinzento e um vento aumentava. Ela queria desesperadamente ver Stefan. A noite toda, enquanto dormia um sono pesado demais, teve pesadelos com ele.

Um sonho tinha sido especialmente real. Nele, ela viu o rosto pálido de Stefan e seus olhos acusadores e furiosos. Ele ergueu um caderno para ela e disse: "Como pôde, Elena? Como pôde?" Depois ele largou o caderno aos pés dela e se afastou. Ela o chamou, suplicante, mas ele continuou andando até desaparecer na escuridão. Quando ela olhou o caderno, viu que era encadernado em veludo azul. Seu diário.

Um tremor de raiva a percorreu quando pensou novamente em como seu diário fora roubado. Mas o que o sonho significava? O que havia em seu diário para deixar Stefan daquele jeito?

Ela não sabia. Só o que sabia era que precisava vê-lo, ouvir a voz dele, sentir seus braços em torno dela. Ficar longe de Stefan era como ficar separada de sua própria carne.

Elena correu escada acima na escola até os corredores quase vazios. Foi para a ala de línguas estrangeiras, porque sabia que a primeira aula de Stefan era de latim. Se pudesse vê-lo só por um momento, ficaria bem.

Mas ele não estava na sala. Pela janelinha da porta, Elena viu o lugar dele vazio. Matt estava lá, e a expressão dele a deixou mais assustada do que nunca. Ela continuou olhando para a carteira de Stefan com uma apreensão nauseante.

Elena se virou da porta mecanicamente. Como um autômato, subiu a escada e foi para a aula de trigonometria. Ao abrir a porta, viu cada rosto se virando em sua direção, e ela deslizou apressadamente para a carteira vazia ao lado de Meredith.

A Srta. Halpern parou a aula por um momento e olhou para Elena, depois continuou. Quando a professora se virou de novo para o quadro-negro, Elena olhou para Meredith.

Meredith estendeu a mão para pegar a dela.

— Você está bem? — sussurrou.

— Não sei — disse Elena como uma idiota. Parecia-lhe que o ar em volta dela a sufocava, como se houvesse um peso esmagador a seu redor. Os dedos de Meredith pareciam secos e quentes. — Meredith, sabe o que houve com Stefan?

— Quer dizer que *você* não sabe? — Os olhos escuros de Meredith se arregalaram e Elena sentiu o peso ficar cada vez mais esmagador. Era como estar bem no fundo da água sem um traje de pressão.

— Eles não... o prenderam, não é? — disse Elena, forçando as palavras a saírem.

— Elena, é pior do que isso. Ele desapareceu. A polícia foi à pensão hoje de manhã cedo e ele não estava lá. Eles vieram à escola também, mas ele não apareceu aqui. Disseram que encontraram o carro dele abandonado perto da Old Creek Road. Elena, eles acham que ele foi embora, fugiu da cidade, porque é culpado.

— Isso não é verdade — disse Elena entredentes. Ela viu as pessoas se virarem para olhar, mas não se importou nem um pouco. — Ele é inocente!

— Sei que pensa assim, Elena, mas por que razão ele iria embora?

— Ele não iria. Ele não foi. — Alguma coisa ardia dentro de Elena, um fogo de raiva que empurrava de volta o medo esmagador. Ela respirava asperamente. — Ele nunca sairia daqui por livre e espontânea vontade.

— Quer dizer que alguém o obrigou? Mas quem? Tyler não se atreveria...

— Ele foi obrigado, ou coisa pior — Elena interrompeu. Agora toda a sala as encarava e a Srta. Halpern abria a boca. Elena se levantou de repente, olhando para eles sem vê-los. — Deus o livre de ferir Stefan — disse ela. — Deus o *livre*. — Depois girou o corpo e foi para a porta.

— Elena, volte! Elena! — Elena podia ouvir os gritos atrás dela, de Meredith e da Srta. Halpern. Ela andou, cada vez mais rápido, vendo somente o que estava bem à sua frente, a mente fixa numa coisa.

Eles pensavam que ela iria procurar Tyler Smallwood. Ótimo. Eles podiam perder tempo correndo para o lado errado. Ela sabia o que deveria fazer.

Elena saiu da escola, imergindo no ar frio de outono. Andava com rapidez, as pernas devorando a distância entre a escola e a Old Creek Road. De lá, ela se virou para a ponte Wickery e o cemitério.

Um vento gelado açoitava seu cabelo e pinicava o rosto. Folhas de carvalho voavam em volta dela, girando no ar. Mas a conflagração em seu coração era ardente e afastava o frio. Elena agora sabia o que significava uma raiva assombrosa. Ela passou pelas faias arroxeadas e os salgueiros-chorões no meio do antigo cemitério e olhou em volta com os olhos febris.

No alto, as nuvens fluíam como um rio de chumbo. Os galhos dos carvalhos e faias se vergastavam intensamente. Uma lufada atirou punhados de folhas em seu rosto. Era como se o cemitério tentasse expulsá-la, como se estivesse lhe mostrando seu poder, preparando-se para fazer alguma coisa perversa com ela.

Elena ignorou tudo isso. Girou o corpo, o olhar ardente vasculhando entre as lápides. Depois se virou e gritou diretamente para a fúria do vento. Uma só palavra, mas aquela que Elena sabia que o traria.

— *Damon!*

Este livro foi composto na tipografia Minion Pro,
em corpo 11/16,95, e impresso em papel off-white
no Sistema Cameron da Divisão Gráfica
da Distribuidora Record.